Sanne Jellings wurde in Süddeutschland geboren und hat während des Studiums ihre Liebe zu Isak Dinesen alias Karen Blixen-Finecke entdeckt. Mit Anfang zwanzig besuchte sie erstmals deren Geburtshaus Rungstedlund am Øresund. Seitdem ist der alte Hof mit dem großen Park für sie ein ganz besonderer Ort. Sanne Jellings arbeitet als Lektorin und Übersetzerin und lebt mit ihrer Familie in Hamburg.

sanne jellings

EIN DÄNISCHER WINTER

Rowohlt Taschenbuch Verlag

Das Zitat auf S. 117 stammt aus Johannes Ewald, Klein Gunver.
Übersetzt von Edmund Lobedanz. 1. Band:
Album Dänisch-Norwegischer Dichtung. Leipzig 1868.

Veröffentlicht im Rowohlt Taschenbuch Verlag,
Hamburg, November 2020

Covergestaltung any.way, Hamburg
Coverabbildung INTERFOTO/IMAGNO/
Austrian Archives; Frank Lebisch,
MAK – Museum für angewandte Kunst, Wien; Shutterstock
Satz aus der Quadraat
Gesamtherstellung CPI books GmbH, Leck, Germany
ISBN 978-3-499-00164-2

Die Rowohlt Verlage haben sich zu einer nachhaltigen Buchproduktion verpflichtet. Gemeinsam mit unseren Partnern und Lieferanten setzen wir uns für eine klimaneutrale Buchproduktion ein, die den Erwerb von Klimazertifikaten zur Kompensation des CO_2-Ausstoßes einschließt.
www.klimaneutralerverlag.de

MIX
Papier aus verantwortungsvollen Quellen
FSC® C083411
FSC www.fsc.org

«Wir müssen das Leben prägen,
während wir Macht darüber haben,
dass es sich nicht,
wenn wir aus ihm herausgehen,
ohne Spur schließt.»

KAREN BLIXEN,
DIE EINSIEDLER, 1911

prolog

Ngong, Kenia, März 1929

«Msabu, möchtest du wirklich, dass ich diese Hose in diesen Koffer packe? Sie ist nicht gut genug.»

Farah hielt Karen anklagend die dunkelblaue Wollhose entgegen, die sie im Winter in Dänemark brauchen würde. Das zugegebenermaßen etwas abgetragene Kleidungsstück bildete einen traurigen Kontrast zum leuchtend grünen Turban und dem perlgrauen Seidengewand, das ihr Diener unter seinem Jackett trug. Farah gestattete nicht, dass sie ihr Äußeres vernachlässigte. Sein Ansehen hing auch von ihrem ab, und er war ein äußerst stolzer Mann.

Karen besaß wenig Kleidung, die ihr in Dänemark von Nutzen sein würde. Ihre elegante Abendgarderobe brauchte sie nicht mitzunehmen, und auch nicht die Khakihosen, die sie auf der Farm trug. Sie würde sich in Kopenhagen etwas anfertigen lassen müssen, auch wenn sie ansonsten aus Paris bestellte. Die Zeit war zu knapp gewesen, um einen Schneider in Nairobi zu beauftragen, obwohl die feinen Wollstoffe dort natürlich erschwinglicher und von bester Qualität waren.

Sie seufzte. «Also gut, Farah, leg sie zurück. Du kannst den Koffer schließen und zum Wagen bringen. Ich bin in zehn Minuten so weit.»

Nachdem ihr Diener mit dem letzten Gepäckstück den Raum verlassen hatte, trat Karen ans Fenster und blickte hinaus auf die taufeuchte Rasenfläche. Vor einer halben Stunde hatte die Sonne wie flüssiges Gold den Horizont geflutet, und Afrika war unter lautem Geraschel, vielstimmigem Gezwitscher und den hohen Schreien der Colobusaffen aus dem Busch zum Leben erwacht. Von den Hütten der Kikuyu meckerten die Ziegen herüber. Die schwarzen Schatten der drei hohen Zypressen vor dem Haus ragten scharf vor dem hellen Himmel auf und grüßten ernst wie zum Abschied. Obwohl es so früh am Morgen war, sammelte sich in Karens Nacken bereits der Schweiß. In dem Spiegel auf der Frisierkommode stellte sie zu ihrem Unmut fest, dass sich das dunkle Haar an ihren Schläfen in der feuchten Hitze kringelte. Sie ging hinüber, tauchte einen Lappen in die Wasserschüssel und fuhr sich damit über Gesicht und Hals. Karen verspürte Rastlosigkeit und eine tiefe Unruhe, seit vor wenigen Tagen Thomas' Telegramm eingetroffen war. Er rief sie nach Hause, weil ihre Mutter auf Leben und Tod erkrankt war. Zum Glück hatte sie sofort eine Schiffspassage buchen können, der Dampfer legte in zwei Tagen in Mombasa ab.

Sie hatte Denys in den Muthaiga-Club geschrieben, denn es gab keine Möglichkeit mehr, ihn vor ihrer Abreise noch zu erreichen. Er war mit reichen Franzosen auf Safari, und es würde noch einige Wochen dauern, bis er wieder in die Zivilisation zurückkehrte.

Seit ihrer heftigen Auseinandersetzung an Weihnachten hatte sie ihn nicht mehr gesehen. Vielleicht war es nicht klug gewesen, ihm solche Vorwürfe zu machen, weil er ihren Exmann auf die Safari mit dem Prinzen von Wales mitgenommen hatte. Bror hatte vor kurzem wieder geheiratet, und Karen war sich sehr bewusst, dass seine neue Frau Cockie ihre eigene gesellschaftliche Stellung gefährdete. Möglicherweise hatte Denys ihr die Szene, die sie ihm wegen seiner Loyalität zu Bror gemacht hatte, noch nicht verziehen.

Es fiel ihr schwer, Afrika zu verlassen. Aber vielleicht war es gut, dass sie nun nach Jahren einmal wieder gezwungen war, nach Dänemark zu reisen. Das gab ihr die Gelegenheit, Abstand zu ihrem hiesigen Leben zu gewinnen. Außerdem würde sie persönlich mit ihrem Onkel und den anderen Vorstandsmitgliedern der Karen Coffee Company sprechen können, deren Schuldnerin sie war. Sie würde sie davon überzeugen, dass es sich lohnte, weiteres Geld in die Farm zu investieren. Man hatte ihr mehrfach damit gedroht, sie fallenzulassen, die Farm zu verkaufen, aber das würde Karen nicht zulassen. Sie brauchte nur eine gute Ernte, die unter Beweis stellte, dass die Farm profitabel war. Dann würden sich ihre Gläubiger überzeugen lassen, wie immer. Und eine gute Ernte würde es werden, da war sie sich mit ihrem Verwalter Dickens einig.

Karen setzte den Hut auf und streifte ihre sandfarbene Kostümjacke über. Es war Zeit. Farah und sie hatten eine lange Fahrt vor sich.

1

Freitag, der 20. Dezember 1929

minna

Es war ein Traum.

Die Welt flog an ihr vorüber, so schnell, dass es sich anfühlte, als pustete sich dabei in ihrer Brust ein Ballon auf, der gleich platzen musste. Auf dem weißen Pferdchen vor ihr drehte sich Elsa um, Minna hörte ihre Schwester laut jauchzen. Sie selbst saß in einer Kutsche mit weißen und rosa Schnörkeln, gerade sauste sie an dem Leierkastenmann vorüber, der neben dem Karussell einen Cancan spielte. Eine Matrone im braunen Mantel war mit ihren Freundinnen stehen geblieben und schwenkte neckisch den Rock hin und her. Minna musste bei dem Anblick laut lachen. Die Frau war so alt, sie hätte ihre Mutter sein können. Dass Mutter zu Tanzmusik die Röcke schürzte, das konnte sich Minna allerdings beim besten Willen nicht vorstellen.

Sie fühlte sich albern und trotz ihrer achtzehn Jahre unsagbar jung. Minna war kein Kind mehr, das von einer weißen Kutsche träumte. Schon lieber wäre sie nach Paris gereist und hätte in dem berühmten Moulin Rouge einen echten Cancan gesehen. Doch sie war an diesem Winterabend hier, im Tivoli in Kopenhagen, und sie hätte nirgendwo anders sein mögen.

Sie warf einen Blick zur Seite und gewahrte Carl Olsens Blick. Der Lehrer ihrer Schwester sah sie vom

Nebensitz aus amüsiert und mit hochgezogenen Augenbrauen an, doch das Funkeln in seinen Augen war warm. Er wusste, dass Elsa und Minna seit dem Tod ihres Vaters nicht mehr im Tivoli gewesen waren, und freute sich an ihrer Begeisterung. Seine Kappe hatte er abgenommen, weil sie ihm auf dem Karussell sonst vom Kopf geflogen wäre, und in der Kälte leuchteten seine Ohren und Wangen rot. Der Fahrtwind hatte das blonde Haar zerzaust. Mit seinem triumphierenden Blick wirkte er ein wenig wie ein Lausejunge, der etwas Drolliges angestellt hatte. «Hü!», rief er und schwang eine imaginäre Peitsche in Richtung von Elsas Pferdchen, das ihre Kutsche zog.

Wieder blubberte ein Lachen in Minna hoch. «Nicht übel! Falls sie dich wegen deiner politischen Umtriebe entlassen, kannst du immer noch Kutscher werden!», rief sie.

Carl Olsen war an der Mädchenschule in Nørrebro eine schillernde Figur. Seit Jahren ging das Gerücht, man werde ihn wegen seiner radikalen Ansichten entlassen, doch bislang war er bei Schuljahresbeginn stets wieder zum Dienst erschienen. Vor drei Jahren war er Elsas Klassenlehrer geworden. Auch Minna hatte er unterrichtet, in ihrem letzten Schuljahr vor vier Jahren, nur knapp über zwanzig konnte er da gewesen sein und frisch von der Universität. Er brannte vor Begeisterung für die Bücher, die er mit ihnen las, und sein scheinbar grenzenloses Wissen über die Welt, seine Neugierde und Offenheit hatten Minna zutiefst begeistert. Er seinerseits hatte ihre Wissbegierde schnell bemerkt und unauffällig damit begonnen, sie zu fördern. Auch jetzt noch, vier Jahre nachdem sie von der Schule abgegangen war, lieh er ihr Bücher. Regelmäßig führte er sie freitagabends in ein Café aus und unterhielt sich mit ihr über Theater, Literatur und Politik. Es hatte sich beinahe so etwas wie eine Freundschaft zwischen ihnen entwickelt, auch wenn sie selten über Persönliches sprachen. Trotzdem wusste Minna, dass sich Carl mit seiner Familie überworfen hatte und deswegen nicht promovieren konnte. Sein Vater, der ebenfalls Lehrer war, missbilligte den radikalen Sozialismus seines Sohnes und hatte jegliche Zahlung an ihn eingestellt. Doch kürzlich war es wieder zu einer Annäherung der beiden gekommen. Carl wollte seine Eltern über Weihnachten wohl besuchen. Wahrscheinlich lag es an seiner weihnachtlichen Stimmung, dass er Elsa und Minna ins Tivoli eingeladen hatte.

«Und du solltest vielleicht hier im Varieté Cancan tanzen, ich habe den Eindruck, sie haben im Tivoli talentierteres Personal nötig», rief er zurück.

«Nur weil ich Walzer mag, tanze ich noch lange keinen Cancan», entgegnete sie mit gerunzelter Stirn. Er sollte bloß nichts Falsches von ihr denken. Ihre Unterhose würde ihre Privatsache bleiben, danke schön. Die bunten Lichter, unter denen sie sich im Kreis drehten, machten sie plötzlich ein klein wenig schwindelig.

Carl Olsen lehnte sich ein Stück zu ihr herüber und stieß sie mit der Schulter an. «Talent ist Talent», sagte er augenzwinkernd. «Du könntest sicher alles tanzen.»

Als er sie vorhin im Pavillon über die Tanzfläche geschwungen hatte, ausgelassener als bei den geselligen Abenden in Nørrebro, musste er gespürt haben, wie sehr sie das Tanzen liebte.

«Die Frage ist nicht, was ich könnte», sagte sie ein wenig schnippisch, «die Frage ist, was ich will. Und Tänzerin werden gehört nicht dazu.»

Erneut hoben sich seine blonden Augenbrauen, und der blaue Blick darunter wurde bohrend. «Und was gehört dazu?», fragte er. «Tippen?»

Darauf sollte sie eigentlich nicht antworten. Niemand, das war ihr schon bewusst, interessierte sich dafür, was ein mittelloses Bürofräulein von achtzehn Jahren «wollte». Dagegen war allen klar, was sie «musste». Sie musste Geld verdienen, um ihrer Mutter zu helfen, die kleine Schwester durchzubringen, sie musste pünktlich sein und fügsam und freundlich selbst zu dem widerlichsten Schreibzimmervorsteher, und vermutlich musste sie irgendwann einen braven Arbeiter heiraten, wie ihr Vater einer gewesen war, und dann war ohnehin Schluss mit Wünsch-dir-was.

«Ich will Lehrerin werden», sagte sie trotzig.

Carl Olsen verzog keine Miene, er lachte sie nicht aus, sondern sah sie weiter aufmerksam an. Eine Schneeflocke landete in seinem Bart.

«Dann solltest du es versuchen», sagte er.

Minna spürte, wie ihr Gesicht heiß wurde. Der Schwindel ergriff nun vollends von ihr Besitz. Sie hatte das Gefühl, sich in die falsche Richtung zu lehnen, bei nächster Gelegenheit würde die Fliehkraft sie seitlich aus der Kutsche tragen und dem Leierkastenmann vor die Füße werfen. Sie schloss die Augen, packte den Türgriff mit ihrer Rechten und mit der linken Hand Carls Ärmel.

Er lachte und nahm ihren Arm. Minna blickte nach vorn zu ihrer Schwester, die mit fliegenden Locken auf dem weißen Pferdchen ritt. In der Dunkelheit um das Karussell funkelten dicke Flocken, die aus dem Dezemberhimmel herabschwebten. Wie kalte Stiche spürte Minna sie auf der Haut, am liebsten hätte sie eine mit den Fingern berührt.

«Du hast Schnee im Gesicht», sagte Carl Olsen. Sie blickte ihn an mit seinem verschneiten Bart. Ein Grinsen breitete sich über sein gesamtes Gesicht aus, das so unwiderstehlich war, dass sie einfach zurücklächeln musste.

«Und eine rot gefrorene Nase.» Er legte einen Finger unter ihr Kinn und hob ihr Gesicht an. «Minna», sagte er leise, und dann küsste er sie sanft auf die Nasenspitze.

Minna erwachte von einem lauten Scheppern. Mutter hatte die Petroleumlampe auf den Tisch gestellt, der mitten im Zimmer stand, und machte sich am Ofen zu schaffen. Ihr Bett war noch zerwühlt, sie musste gerade aufgestanden sein. Elsa zog sich in ihrem Bett gegenüber die Decke über die Augen.

Unwillkürlich fasste sich Minna an die Nase, die in der Kälte im Zimmer nach wie vor rot gefroren war. War sie gestern wirklich mit Carl Olsen im Tivoli gewesen? Nach all den lehrreichen Treffen im Café, den Gesprächen vor Elsas Schule, wenn sie ihre Schwester abgeholt hatte, all den Begegnungen bei Abendveranstaltungen des Arbeitervereins hatte er sie erstmals als Privatmann eingeladen. Der gestrige Nachmittag mit seinen glitzernden Schneeflocken und dem heißen Kakao, den

Pantomimen, dem Tanz und der Karussellfahrt kam ihr vor wie ein ferner, verheißungsvoller Traum.

Direkt von der Schule, wo Minna auf Elsa gewartet hatte, waren sie zum Omnibus gegangen. Seine beste Schülerin verdiene zu Weihnachten eine Belohnung, hatte Carl verkündet, und Elsa hatte gestrahlt vor Stolz. Eigentlich hatte sich Minna zur Missbilligung ihres Vorgesetzten den halben Tag frei genommen, um mit ihrer dreizehnjährigen Schwester Weihnachtsherzen aus Papier zu basteln und damit als Überraschung für Mutter die Stube in der Elmegade zu schmücken. Für große Geschenke hatten sie kein Geld, aber feierlich wollten sie es zu Weihnachten doch haben. Bei der Aussicht allerdings, mit Carl das Tivoli zu besuchen, hatte Minna diesen Plan natürlich über den Haufen geworfen.

Carl Olsen war so ganz anders als die Männer, mit denen sie sonst zu tun hatte, witziger, unverschämter und auch furchtloser. Immerhin hatte er sich für seine Überzeugungen mit seiner Familie überworfen. Minna konnte jedoch schwer einschätzen, ob ihm wirklich etwas an ihr – Minna – lag oder ob es einfach zu seiner Vorstellung vom gesellschaftlichen Fortschritt gehörte, einem neugierigen Arbeiterkind zu etwas Bildung zu verhelfen.

Für die Arbeiterjungen war Minna mit ihren blonden Locken ein gefundenes Fressen, das war ihr schon lange klar. Seit sie denken konnte, musste sie sich den Zudringlichkeiten von Ole dem Schuhputzer erwehren – von den Zudringlichkeiten im Kontor ganz zu schweigen. Auf der Straße pfiff man ihr hinterher oder lud sie zum Trinken ein, was sie stets ablehnte. Für den langen Friedrich, der immer bis in die Haarwurzeln errötete, wenn sie seinen Weg kreuzte, hatte sie nur Mitleid übrig. Solche Männer konnten Carl Olsen nicht das Wasser reichen.

Mit einem Knall schloss Mutter die Herdklappe. Sie hatte gestern bis spät in der Wäscherei gearbeitet und von der Abwesenheit der Mädchen nichts mitbekommen. Mit einem Ächzen richtete sie sich auf. Heute Morgen würde es kalt bleiben, ihnen war die Kohle ausgegangen. Minna wollte sich nach der Arbeit darum kümmern. Es war der letzte Freitag vor Weihnachten, die Auszahlung des Wochenlohns stand an. Sie hörte das Ratschen des Messers, das durch den Brotkanten hobelte.

Seufzend drehte Minna sich auf den Rücken. «Guten Morgen.»

Mutter blickte kurz auf. «Das weiß ich nicht, wie gut der Morgen wird, ohne Tee und in der Kälte. Ihr macht euch am besten gleich auf den Weg.»

Minna setzte sich auf. Sofort kroch die bitterkalte Luft unter die Strickjacke und ihr Nachthemd. Schnell griff sie nach dem Wollschal neben ihrem Bett und schlang ihn sich um die Schultern.

«Was essen kannst du schon noch.» Mutter kam zu ihr herüber, brachte ihr die Scheibe Butterbrot und setzte sich zu ihr auf die Bettkante. Ihre Hände waren krebsrot – für eine Wäscherin war die Kälte noch schmerzhafter als für alle anderen. Minna nahm das Brot, griff nach der Hand ihrer Mutter und legte sie sich an die Wange. «Deine Finger.»

Yrsa zog die Hand zurück. «Es ist ja bald Weihnachten, da können sie sich erholen.»

Drüben stand Elsa aus dem Bett auf, gab bibbernde

Laute von sich, warf sich Schals um und huschte aus dem Zimmer zum Abort.

Minna biss in ihr Brot. «Mutter, Carl Olsen hat gestern noch einmal mit mir gesprochen. Elsa soll aufs Gymnasium.»

Ihre Schwester war nun bald vierzehn. In dem Alter hatte Minna von der Schule abgehen und eine Arbeit finden müssen, denn ihr Vater war vier Jahr zuvor an der Schwindsucht gestorben. Kurz darauf hatte ihr Bruder Michel eine eigene Familie gegründet, die er nur mit Mühe durchbrachte, und von Yrsas Lohn alleine wären sie verhungert.

Unwirsch stand ihre Mutter auf. «Unsinn. Das hatten wir doch schon geklärt. Elsa wird sich eine Anstellung suchen. Vielleicht kann sie in ein Kontor eintreten wie du.»

Minna stellte sich ihre blitzgescheite, lebhafte Schwester vor, zermalmt von geistlosen Zwölfstundentagen an der Schreibmaschine.

«Mutter, Elsa kann etwas Besseres werden. Sie kann ...»

«Die Unterhaltung ist beendet.» Die Stimme ihrer Mutter klang schneidend.

«Aber Carl Olsen ...»

«Hör doch auf mit diesem Carl Olsen. Der hat in seinem Leben noch keinen Tag gehungert. Einen Scherz macht er sich daraus, euch Mädchen Flausen in den Kopf zu setzen!» Yrsa griff nach ihrem Rock.

Minna verstummte. Vielleicht hatte ihre Mutter ja recht. Carl fand tatsächlich Gefallen daran, andere Menschen zu provozieren. Andererseits, wenn sie an seine Augen dachte, die sie gestern so forschend und ernst angesehen hatten, war sie sich nicht mehr ganz so sicher. Und hatte er sie mit dem Kuss auf ihre Nase necken wollen oder ...

Entschlossen warf sie die Decke von sich. Der Tag musste beginnen.

Als Minna mit wehendem Mantel um die Ecke auf die Nørrebrogade einbog, sah sie an einem Hauseingang die schwarze Gestalt eines Mannes lehnen, die ihr entgegenzusehen schien. Minna kniff die Augen zusammen. Konnte es Michel sein, der da im Dunkeln auf sie wartete? Aber nein, ihr Bruder war um diese Zeit schon im Freihafen. Um sechs Uhr morgens, um ein und um vier Uhr nachmittags stand er dort an, um eine Arbeit zu ergattern, die seine kleine Familie ernährte. Ausgeschlossen, dass er um diese Zeit in Nørrebro herumlungerte.

Minna versuchte sich ihr Unbehagen nicht anmerken zu lassen und ging mit gemessenen Schritten weiter. Sie strich sich das Haar zurück, schon wieder hatten sich widerspenstige Locken aus dem Knoten gelöst und wehten ihr ins Gesicht. Die Gestalt trennte sich von der Hauswand, und nun, als er vor ihr stand, erkannte sie ihn: Es war Lasse Nielsen, der Gewerkschaftsmann. Er trat ihr in den Weg und zog den Hut.

«Einen guten Morgen wünsche ich dir, Minna. Schon früh munter.»

«Wie immer, Lasse», entgegnete Minna ungeduldig. Sie war ohnehin schon zu spät dran. «Und selbst, musst du nicht in die Fabrik?» Sie bemühte sich um ein freundliches Gesicht, denn sie kannte Lasse schon seit frühester Kindheit. Er war mit ihrem Vater zusammen in die Arbeiterpartei eingetreten, und politische Freunde waren sie immer geblieben. Da ihr Vater die kleine Minna oft mitgenommen hatte zu Veranstaltungen im Gewerkschaftshaus, hatte sie als Kind gelegentlich auf Lasses Schoß gesessen. Nun allerdings hatte sie keine Zeit für seine Redseligkeit, sie musste um sieben im Kontor sein. Vorsichtig schnupperte sie in seine Richtung. Natürlich.

«Bei mir ist schon Weihnachten», feixte Lasse.

Und das bedeutet wohl, dass du bereits im Morgengrauen säufst, dachte Minna. Lasse war unverheiratet, es gab niemanden, der ihn mäßigte. Es war ein Wunder, dass ihm seine Trunksucht noch nicht zum Verhängnis geworden war.

«Wie ich höre, arbeitest du in der Versicherung zwölf Stunden am Tag, mit einer halben Stunde Mittagspause?»

War Lasse neuerdings im Frauenverein? «Das stimmt.»

«Du erinnerst dich doch sicher noch an die Forderungen, die wir seinerzeit durchgesetzt haben, dein Vater und ich?», fragte er.

Minna trat von einem Bein aufs andere. Es war wirklich schwer auszuhalten, dass dieser Trunkenbold die Verdienste der Bewegung als seine eigenen ausgab. «Nicht im Einzelnen, Lasse, aber ich muss wirklich weiter, ich kann nicht zu spät …»

«Acht, acht, acht», dröhnte er. «Acht Stunden Arbeit, acht Stunden Ruhe, acht Stunden Schlaf. So sollten wir es halten unter Christenmenschen, aber deine Mutter und du, ihr arbeitet euch noch zu Tode. Ich schlage vor, du kommst zur nächsten Versammlung ins Gewerkschaftshaus, Minna. Morgen hat Stalin fünfzigsten Geburtstag, und wir treffen uns alle, um den Kommunisten die Teilnehmer für ihre Feier abspenstig zu machen.» Er zwinkerte ihr zu. «Und danach wagen wir vielleicht ein Tänzchen, wir beide?»

Auf der gegenüberliegenden Straßenseite eilte mit hochgezogenen Schultern ein langer, schmaler Schatten vorbei und warf einen Blick zu ihnen herüber. Minna überlief ein Schauer. Es war ein eigenartiger Morgen an diesem dunkelsten Tag des Jahres.

«Ich überlege es mir, Lasse, ja? Wenn ich kann, komme ich.» Fünf Minuten später hatte sie es endlich geschafft, die Schnapsdrossel loszuwerden. Schneeregen hatte eingesetzt, als sie an der Schlange von Arbeitslosen vorbeihastete, die auf der Nørrebrogade ihre Dienste anboten. Das Fahrgeld für den Omnibus konnte sie sich nicht leisten, und so eilte sie über die Dronning-Louise-Brücke weiter in Richtung Innenstadt.

Als sie im Assekuranz-Kontor in der Gothersgade ankam, hatte sie Eiszapfen an den Füßen und war zehn Minuten zu spät. Hastig stieg sie die Stufen in den ersten Stock hinauf, wo das Schreibzimmer lag, in dem täglich Hunderte von Vertragsseiten getippt wurden. Schon im Treppenhaus war das emsige Geklapper ihrer Kolleginnen zu hören. Vielleicht hatte sie ja Glück, und Ole Steen war gerade nicht im Raum. Dann könnte sie unbemerkt an ihren Arbeitsplatz schlüpfen. Doch diesen Gefallen tat der Schreibzimmervorsteher ihr nicht.

Als sie vorsichtig die Tür aufschob, stand der schlaksige Steen dort in ein Gespräch mit Versicherungsvorstand Holm vertieft.

«Die Konkurse», sagte dieser gerade, «haben einen neuen Höchststand erreicht. Es gibt immer weniger Kunden ...»

Holm erblickte Minna und brach mitten im Satz ab. Seine sonst so freundliche Stirn umwölkte sich. Er umfasste mit beiden Händen das Revers seines schwarzen Sakkos, warf Steen einen kurzen Blick zu und fuhr fort: «... dafür gibt es immer mehr Leute, die dringend Arbeit suchen. Und die ihren Arbeitgeber nicht durch Zuspätkommen verhöhnen würden.»

Ein Lächeln zuckte um Ole Steens Mundwinkel, bevor er sein pockennarbiges Gesicht in düstere Falten legte und gravitätisch nickte. «Wir brauchen hier keine Frauenzimmer, die Einflüsterungen von radikalen Gewerkschaftlern ihr Ohr leihen.» Er wies mit dem Kinn auf Minna, der vor Schreck ganz kalt geworden war. «Ich habe Sie gesehen, Fräulein Kasparsson, vorhin auf der Nørrebrogade. Sie brauchen es gar nicht erst zu leugnen.»

Minna war bewusst, dass die geschäftig gesenkten Köpfe ihrer Kolleginnen nicht bedeuteten, dass diese nicht die Ohren spitzten. Ihr Herz begann wie wild zu schlagen. Das durfte nicht wahr sein. Dieser Widerling Steen setzte tatsächlich in die Tat um, was er ihr letzte Woche angedroht hatte. «Ich bin überhaupt nicht ...»

«Ihre Arbeitsmoral lässt seit Monaten zu wünschen übrig.» Steen stützte seine spindeldürren Arme in die mageren Hüften, als sei er zutiefst empört.

Minna wandte sich an Herrn Holm. Er war ihr mit seinem grauen Backenbart und den angenehmen Manieren immer wie ein Ehrenmann erschienen. Stets behandelte er seine Mitarbeiter zuvorkommend, fragte manchmal sogar nach ihrem Befinden. Bestimmt würde er ihr zuhören.

«Herr Holm, ich habe letzte Woche wegen des Krankenstands jeden Tag Überstunden gemacht. Ich komme nie zu spät, nur heute konnte ich nicht ... ein Freund meines Vaters ...» Ihr entfiel, was sie hatte sagen wollen. Sie bemerkte, dass ihre Hände zitterten, und steckte sie schnell in die Manteltaschen. Sonst war sie doch nicht so auf den Mund gefallen!

Steen lachte höhnisch. «Da sprechen meine Aufzeichnungen aber eine andere Sprache.» Er wandte sich an Holm, der zweifelnd zwischen ihnen hin und her blickte. «Das Fräulein muss morgens wohl zu lange die blonden Locken bürsten. Zweimaliges Zuspätkommen allein in der letzten Woche.»

«Aber das ist eine Lüge!» Minna wurde von einer Welle der Wut überrollt, die ihre Furcht unter sich begrub. «Vielmehr ist es so, dass Herr Steen von mir verlangt, dass ich ... dass ich ...»

«Fräulein Kasparsson!» Holm trat begütigend einen Schritt auf Minna zu. «Herr Steen verlangt gewiss nichts, was nicht recht und billig ist. Sie sind es, die sich um mehr Gewissenhaftigkeit bemühen muss.»

«Ich bin gewissenhaft! Bitte fragen Sie doch meine Kolleginnen!» Minnas Herz schlug ihr bis zum Hals. Sie durfte nicht klein beigeben, Holm durfte nicht Steen glauben.

Der Schreibzimmervorsteher machte eine drohende

Gebärde in ihre Richtung, als wollte er sie damit zum Schweigen bringen. «Nun wollen Sie also auch noch die gesamte weibliche Belegschaft aufhetzen?» Er spuckte aus, was Holm zu angewidertem Zurückweichen veranlasste. «Jemanden wie Sie zu beschäftigen, ist ja gemeingefährlich!», fauchte Steen. Sein schlechter Atem schlug Minna ins Gesicht, und sie musste beinahe würgen. An Holm gewandt fügte Steen hinzu: «Ich halte es nicht für vertretbar, dass Fräulein Kasparsson hier weiterhin arbeitet.»

«Aber ich bin gut!», rief Minna und trat auf Holm zu. «Ich bin schnell, und ich ...»

«Wir dulden hier keine Widerrede von Angestellten», unterbrach Holm Minna scharf. Er ging an ihr vorbei zur Tür. «Sie haben die Autoritäten zu respektieren. Gehen Sie, Sie sind entlassen. Wenn Sie jetzt nicht den Aufstand proben und mir nicht meine kostbare Zeit stehlen, wird Herr Steen Ihnen ein angemessenes Zeugnis ausstellen.»

Das allenfalls dafür gut sein würde, den Ofen zu befeuern, so viel war sicher. «Sie können mich doch nicht einfach auf die Straße setzen, so kurz vor Weihnachten!» Der Satz war ihr entschlüpft, und mit großer Mühe verschluckte Minna den Rest, der noch folgen wollte. Sie atmete einmal durch und fragte dann, so ruhig es ihr möglich war: «Und mein Wochenlohn?»

Die Schreibmaschinen im Zimmer klapperten in die dröhnende Stille hinein. Als habe Minna sich in Luft aufgelöst, wandte sich Holm dem niederträchtigen Steen zu und erklärte: «Wie ich eben schon sagte, bevor wir unterbrochen wurden, ich gebe Ihnen die Vertragsauflösungen, die an die Gerichte geschickt werden müssen.

Wir werden Geld verlieren.» Er legte die Hand auf die Türklinke.

«Herr Holm!», rief Minna. Sie brauchte ihr Geld, sie hatten keine Kohle zum Heizen mehr.

«Herrgott!», brauste der Vorstand auf und fuhr zu ihr herum. «Lassen Sie sich vier Tage auszahlen, und dann geben Sie Ruhe. Ich möchte Sie hier nicht mehr sehen!»

Minna hielt die Scheine in ihrer Manteltasche fest umklammert. Nachdem sie das Kontorhaus verlassen hatte, war sie losgerannt wie von Sinnen, den halben Weg zurück nach Hause. Auf der Dronning-Louise-Brücke waren ihr die Knie weich geworden, ein Zittern hatte von ihrem Körper Besitz ergriffen und schüttelte sie nun so sehr, dass sie sich gegen die Brüstung sinken lassen musste.

Es stimmte alles, was ihre Mutter über die Verderbtheit der Männer gesagt hatte. Steen hegte keine zärtlichen Gefühle für sie, er hatte lediglich seinen Willen durchsetzen wollen wie bei der armen Alberte Bager, die noch immer rot wurde wie eine Tomate, wenn er nur durchs Schreibzimmer stolzierte. Minna empfand Abscheu, wenn sie an diese selbstherrlichen Auftritte dachte. Ihr Magen drehte sich um bei der Erinnerung an die Hand in ihrem Nacken, wenn er sich über ihre Arbeit gebeugt hatte, an die Hand tief an ihrem Rücken, wenn sie ihm zufällig an der Tür begegnet war und er ihr mit scheinbarer Höflichkeit den Vortritt ließ.

Es hatte sie einige Mühe gekostet, den Abend letzte

Woche aus ihren Gedanken zu verbannen. Sie hatte bis neun Uhr einen eiligen Vertrag getippt und war allein im Schreibzimmer zurückgeblieben. Kaum hatte sich ihre letzte Kollegin in den Feierabend verabschiedet, war Steen vor Minnas Schreibtisch aufgetaucht. Mit einem eigenartigen Funkeln in den Augen hatte er sie gebeten, ihm in sein Büro zu folgen, er müsse um ihre Hilfe bitten. Kaum hatte sie sein Zimmer betreten, hatte er sie an den Hüften gepackt und auf seinen Schreibtisch zugeschoben. Seine Lippen an ihrem Ohr hatten etwas von höherem Lohn geraunt, und dass sie wirklich ein Augenschmaus sei und dass sie es doch auch wolle. Sie hatte protestiert und ihn von sich gestoßen, doch er hatte grob mit einer Hand unter ihren Rock gefasst. Ohne nachzudenken hatte Minna das Knie gehoben, ihn mit aller Kraft in seine empfindlichste Körperstelle getreten und ihm einen Stoß versetzt, der ihn gegen die Wand taumeln ließ. Als sie aus dem Zimmer stürzte, hatte er ihr durch zusammengebissene Zähne hinterhergezischt: «Das wirst du noch bereuen!»

Steen war nicht der erste Mann, der sein Glück bei ihr versucht hatte. Aber noch nie hatte es einer wirklich schlecht mit ihr gemeint. Steen jedoch hatte sich nun tatsächlich bei erster Gelegenheit gerächt, und seine Rache war so brutal, dass es Minna fassungslos machte.

Ein Schluchzen brach aus ihr hervor, und Minna schlug die Hände vors Gesicht. An der Feuchtigkeit an ihren Fingern bemerkte sie, dass ihr wohl schon seit längerem Tränen über die Wangen liefen. Schnell drehte sie sich von der Straße weg und starrte hinaus auf den Peblinge-See.

Wohin sollte sie nur gehen? Wie sollte sie das ihrer Mutter erklären? Ohne ihr Gehalt würden sie nicht über die Runden kommen. Wer jetzt keine Arbeit hatte, fand keine mehr, das erlebte Minna täglich in Nørrebro. Sie hatte seit dem Tod ihres Vaters immer gearbeitet. Zunächst hatte Michel zusammen mit Mutter den Familienunterhalt verdient, aber schon als Zehnjährige hatte Minna jeden Tag nach der Schule Zeitungen ausgetragen und am Wochenende für die Bäckerei an den Türen der vornehmen Stadtteile Brötchen abgegeben. Trotzdem hatte es Tage gegeben, an denen sie gehungert hatten. Ihre Mutter war von jahrelanger Schufterei ausgezehrt und hart geworden. Seit Michels Auszug war die Familie auf Minnas Arbeit angewiesen. Sie schämte sich in Grund und Boden, dass sie ihre Stelle verloren hatte.

Schlotternd vor Kälte zog sie ihren Schal enger um sich. Hätte sie Steen nachgeben müssen? In ihrer Schulzeit, der schönsten Zeit ihres Lebens, hatte man ihr gesagt, dass sie es zu etwas bringen werde mit ihrer schnellen Auffassungsgabe und ihrem Eifer. Darauf war sie immer stolz gewesen, halb hatte sie daran geglaubt. Hatten sich ihre Lehrer geirrt? War sie nichts als ein Lamm auf der Schlachtbank?

Über dem dunklen See färbte sich der morgendliche Himmel allmählich graublau. Es hatte aufgehört zu regnen, dafür blies ein kräftiger Wind. Was habe ich überhaupt für einen Platz in dieser Welt?, dachte Minna. Sie stützte die Ellenbogen auf das Geländer und ließ den Kopf in die Hände sinken.

Auf einmal berührte sie etwas an der Schulter. Eine Frauenstimme fragte: «Ist Ihnen nicht wohl?»

Minna nahm die Hände herunter, wandte sich um und sah in ein Gesicht, das ihr vage bekannt vorkam. Unter dem schiefergrauen Hut blickten ihr aus fein gezeichneten Zügen forschende dunkle Augen entgegen, die von einem freundlichen Fältchenkranz umgeben waren. Die Augen verengten sich nun.

«Wir kennen uns doch?», sagte eine tiefe Stimme.

Jetzt entsann Minna sich des Vortrags der Dame vor wenigen Wochen, es war um die Gleichstellung der Frau gegangen, ein Gedanke, der sie nun bitter auflachen ließ. Fragend legte die Dame den Kopf zur Seite.

«Dänischer Frauenverein. Nørrebro», brachte Minna gepresst hervor.

«Sie haben recht! Wir haben uns nach meinem Vortrag unterhalten! Sie meinten, Sie wollten meine Gedanken an Ihre jüngere Schwester weitergeben.»

Minna nickte und versuchte das nächste Schluchzen zu unterdrücken, das unaufhaltsam in ihr aufstieg. Leider misslang es ihr.

«Was haben Sie? Geht es Ihnen nicht gut?» Entschlossen packte die Dame Minna mit ihren behandschuhten Händen an den Oberarmen und richtete sie auf.

Minna atmete einmal zitternd durch und sagte dann, weil es ohnehin kein Gesicht zu wahren gab: «Ich habe eben meine Stelle verloren. Ich war meinem Vorgesetzten nicht zu Gefallen. Er hat sich gerächt.»

Auf der Stirn der Dame bildete sich eine steile Falte. «Sie sind sehr direkt.» Nach kurzem Schweigen fragte sie: «Zu Gefallen, sagen Sie?»

Minna nickte stumm.

«Sie haben sich richtig verhalten.»

Minna, die soeben noch geglaubt hatte, die Fassung wiedererlangt zu haben, verlor sie nun völlig. «Was soll das heißen, richtig? Bald ist Weihnachten, und wir werden frieren! Wir werden frieren und von trocken Brot leben. Ich bin Halbwaise! Ich habe meine Mutter im Stich gelassen! Mein Lohn ist ...» Sie konnte vor Schluchzen nicht weitersprechen.

«Nun kommen Sie. Wie war Ihr Name – Wilhelmina?»

Erstaunt blickte Minna auf. Heiße Tränen strömten über ihre Wangen. Erinnerte sich die Frau wirklich an sie? Wie beschämend, dass sie sich ihrerseits nicht entsinnen konnte, wie die Dame hieß. Minna ging oft zu Vorträgen des Frauenvereins, aber merkte sich die Namen der Rednerinnen nur selten.

«Ich bin Bess Westenholz», sagte die Dame, als hätte sie ihre Gedanken gelesen. «Und wie es scheint, bin ich durch meinen Vortrag mit schuld daran, dass Sie in diese unglückliche Situation geraten sind. Wobei Sie natürlich in einer weitaus schlimmeren Lage wären, wenn Sie Ihrem Vorgesetzten nachgegeben hätten. Sie dürfen stolz auf sich sein, Sie haben zum sittlichen Fortschritt der Gesellschaft beigetragen.»

Minna blickte wieder zu Boden. Eine von ihnen beiden hatte hier offenbar keinen Kontakt zur Wirklichkeit. Sie spürte, wie Madame Westenholz sie geschäftig unterhakte.

«Kommen Sie.»

Verwirrt ließ Minna sich mitziehen. Energisch klapperten die Absätze der Dame über den Asphalt, ihr weiter grauer Mantel bauschte sich hinter ihr. Das spärliche Dezemberlicht ließ die belebte Gothersgade kalt und düster aussehen. Minna wurde an einer zerlumpten Gestalt vorübergezerrt, die wenige Schritte entfernt an der Hauswand lehnte. Es war ein weiterer Arbeitsloser, der auf einem umgehängten Schild seine Dienste anbot. Ein Schauer überlief sie.

«Begleiten Sie mich zum Postamt», sagte Madame Westenholz, und es klang wie eine Anordnung. «Ich muss telefonieren. Mir ist da ein Gedanke gekommen.»

Minna hielt stolpernd mit ihr Schritt, sie hatte offenbar keine Wahl. «Was für ein Gedanke, Madame?»

Abrupt blieb die Dame stehen. «Meine Schwester lebt in einem großen Haus in Rungsted», erläuterte sie. «Letzte Woche ist ihr ganz plötzlich das Dienstmädchen abhandengekommen, weil es in der eigenen Familie aushelfen muss. Stellen Sie sich vor, so kurz vor Weihnachten! Ingeborg war ganz verzweifelt, es ging ihr dieses Jahr gesundheitlich nicht gut, sie hat wirklich jede Hilfe nötig.»

«Das tut mir leid», entgegnete Minna. Warum erzählte ihr die Frau das? War ihr der Schreck auf den Kopf geschlagen, oder war Madame Westenholz etwas wirr?

«Könnten Sie nicht kurzfristig einspringen? In Rungstedlund sind Sie versorgt, Sie bekommen Lohn und haben Kost und Logis frei. Bis zum Frühjahr können Sie sicher bleiben, und bis dahin lässt sich einiges klären. Ist das keine gute Lösung?»

karen

In Mantel und Schal trat sie aus der Tür zum Hof. Ihr erster Blick galt den Wolken, dem trüben, verschleierten dänischen Himmel. Ob es wohl in Ngong regnet?, fragte sie sich und zuckte gleich darauf zusammen. Was für ein unsinniger Gedanke. Bei jedem Gang vor die Tür schoss er ihr durch den Kopf, obwohl sie doch bestens über die Wetterverhältnisse auf der Farm Bescheid wusste.

Ihr Verwalter Dickens hatte sie das gesamte Jahr über, das sie bei ihrer Mutter in Rungstedlund verbracht hatte, auf dem Laufenden gehalten. Bei ihrer Abreise im März hatte alles so gut ausgesehen. Die Kaffeepflanzen hatten geblüht wie noch nie, ihr Land hatte sich in ein Meer aus weißen Blüten verwandelt. Es würde eine gute Ernte werden, davon waren alle überzeugt gewesen. Mit einer guten Ernte wäre die Farm gerettet gewesen, hätten sich ihre Gläubiger besänftigen lassen. Doch dann waren mit Dickens' Briefen die Hiobsbotschaften eingetroffen, eine nach der anderen. Im Juli war der Frost hereingebrochen, eine Heuschreckenplage hatte den Pflanzen den Rest gegeben. Nun bestand keine Hoffnung mehr.

Karen zog den Schal enger um sich und setzte den Fuß auf den frostigen Kies im Innenhof. Er knirschte unter ihren Stiefeln, als sie den Hof überquerte und um die Hausecke bog. Aus dem Stall hörte sie die Pferde wiehern.

Die uralten Buchen ragten mit ihren stolzen, winterkahlen Ästen in den bedeckten Himmel. Der Teich hinter dem Haus war von trüben Flächen bedeckt – eine dünne Eisschicht überzog Teile des blanken Wassers. Karen blickte von der Holzbrücke auf das vergilbte Schilfgras hinunter, konnte dazwischen aber keine Fische ausmachen. Über ihr in einem Baum erklang das Trommeln eines Buntspechts. Du lässt dich von der Kälte auch nicht abhalten, dachte sie.

Karen mochte ihren täglichen Spaziergang. Früher war sie lieber ausgeritten, nach Folehave oder noch weiter, doch die Weiten Afrikas hatten sie dafür verdorben. In ihrem Heimatland genügte es, zu Fuß zu gehen, hier wurde man für Bescheidenheit und Kleinheit geliebt, und nicht dafür, hoch zu Ross einen stattlichen Anblick zu bieten, furchtlos in den Busch zu reiten und den wilden Tieren die Stirn zu bieten. Den dänischen Wald jedoch liebte Karen so, wie sie ihren Vater geliebt hatte, dessen eigentliches Element er gewesen war. Sie sah ihn förmlich vor sich in seiner groben Lodenjacke, mit der Büchse unter dem Arm. Er hatte mit seinem freiheitsliebenden Geist genauso wenig in die gute Stube von Rungstedlund gepasst wie Karen selbst.

Wie gut sie sich an das strenge Regelkorsett erinnerte, mit dem ihre Mutter nach Vaters Tod versucht hatte, ihre Rasselbande von fünf Kindern zu bändigen: Schreien, Weinen, Zanken oder Toben war in den Wohnräumen verboten gewesen und hatte nur im Spielzimmer stattfinden dürfen. Erlaubt war allein die «geistige Auseinandersetzung», und dabei hatten Mutter und Tante Bess stets das letzte Wort gehabt. Die Mädchen sollten fröhlich und fromm und auf die Familie bezogen sein. Wie schwer man Karen als Backfisch schon die Freundschaft mit ihrer adeligen Cousine Daisy gemacht hatte, wie sie die Heirat mit dem als frivol verrufenen Bror mühsam hatte erkämpfen müssen, wie ihr jeder einzelne Schritt hinaus in die Freiheit letztlich übelgenommen worden war – zumindest von ihrer Tante –, das lastete noch immer schwer auf ihr. Sobald Karen zu Hause in Rungstedlund war, wurde sie wieder zu dem Kind, das sich unterordnete und anpasste. Dabei hatte sie sich geschworen, sich nie wieder so hemmen zu lassen.

Verdrossen stapfte sie über den dunkel gefrorenen Feldweg in den Buchenwald hincin. Die Welt war eine Symphonie aus Grau und Braun. Karen ließ Alfred Petersens Häuschen links hinter sich liegen und schritt schneller aus. Sie wollte zu einem der Gräber aus der Bronzezeit, deren Hügel sich überall im Wald erhoben. Danach würde sie ins Haus zurückkehren und mit ihrer Mutter und ihrer Nichte Tee trinken. Dabei konnte sie mit der kleinen Mitten aus Glanzpapier Weihnachtsherzen basteln. Seitdem Karens Schwester Ea gestorben war, verbrachte Mitten viel Zeit bei ihrer Großmutter in Rungstedlund und wollte beschäftigt werden.

In den letzten Wochen hatte Karen den anderen mit ihrer üblen Laune zugesetzt. Wenigstens über die Weihnachtstage würde sie sich besser beherrschen, das nahm sie sich fest vor. Noch fünf Tage bis zur ihrer Abreise nach Afrika, vor der sie sich fürchtete und die sie gleichzeitig herbeisehnte.

Ihr Atem bildete Wolken in der kalten Luft, gefrorene braune Blätter knisterten unter ihren Stiefeln. Wenn ich alles verliere, dachte sie, wenn nichts von mir bleibt, welches Leben werde ich führen?

2

Samstag, der 21. Dezember 1929

minna

Elsa fiel Minna um den Hals. Mutter war zur Arbeit gegangen, übermüdet, denn sie hatten zu dritt die halbe Nacht zusammengesessen und hin und her überlegt. Das Ergebnis war eindeutig: Minna würde nach Rungsted gehen.

«Mach dir keine Sorgen, Minna. Bestimmt kann ich sonntags in der Konditorei aushelfen, damit kommen wir gut über die Runden», sagte Elsa in Minnas Ohr. Dann löste sie sich ein Stück von ihr, und ihre großen, bernsteinfarbenen Augen füllten sich mit Tränen. «Aber Weihnachten ohne dich ...»

Minna, der selbst zum Heulen zumute war, strich ihrer kleinen Schwester die Haare aus dem Gesicht und drehte sie um. «Es ist ja nur in diesem Jahr», sagte sie. «Komm, ich flechte dir die Zöpfe.»

Es war keine leichte Arbeit, Elsas lockige Mähne für die Schule zu zwei ordentlichen Flechten zu bändigen, und Minna bereute ihr Angebot schnell. Sie war zu rastlos. Was sollte sie packen? Am frühen Nachmittag musste sie weisungsgemäß den Zug nach Klampenborg nehmen, damit sie den langen Fußmarsch nach Rungsted noch vor Einbruch der Dunkelheit bewältigte.

Elsa wandte sich zu ihr um. «Du musst das warme Tuch mitnehmen, das ich im Herbst gestrickt habe!»

Minna drehte Elsas Kopf sanft zurück und begann mit dem zweiten Zopf seufzend von neuem. «Den braucht ihr hier dringender als ich. In so einem Herrenhaus ist es bestimmt warm.»

«Hoffentlich auch in den Mädchenstuben.» Elsa sah zu Boden. «Hast du mit Mutter gesprochen? Über das Gymnasium?»

«Ich habe es versucht. Sie ist einfach zu stur. Aber wir kochen sie schon noch weich, Elsachen. Bald habe ich eine neue Stelle, und wenn du an den Wochenenden ein bisschen dazuverdienen kannst, überzeugen wir sie bestimmt. So viel mehr kostet es auch nicht, wenn du die höhere Schule besuchst. Bisher sind wir ja von zwei Löhnen auch nicht verhungert.»

Elsa zuckte mit den Schultern. «Es ist nicht so schlimm, weißt du. Ich kann auch arbeiten gehen. Die Schule läuft mir ja nicht weg.»

Die Wut, die seit dem Vortag in Minna köchelte, stieg nun heiß nach oben. «Reicht es nicht, wenn eine von uns ihre Träume aufgibt!»

Erschrocken drehte sich ihre Schwester um. «Du darfst aber nicht aufgeben, Minna! Ich weiß ja, dass du Lehrerin werden willst. Du musst mit Carl Olsen sprechen. Am besten heute noch! Vielleicht weiß er eine Lösung ...»

Ungehalten fasste Minna Elsa an den Schultern und drehte sie zurück. «Bleib doch bitte mal ruhig sitzen, jetzt muss ich mit dem Zopf schon wieder von vorne anfangen.»

«Entschuldigung.»

«Schon gut.»

Stille trat ein, in der nur das leise Ticken der Wanduhr zu hören war.

«Minna? Sprichst du bitte mit ihm? Ich glaube, er wäre verletzt, wenn du ihm nicht erklärst, warum du gehst. Wenn du ohne ein Wort verschwindest.»

«Verletzt?» Energisch band Minna den Zopf zu. Elsa wandte sich zu ihr um.

«Ein Blinder kann sehen, dass er dich gernhat. Und auch, dass du ihn gernhast.»

«Wir sind lediglich Freunde, Elsa.» Sie begann, die Flechten mit Haarnadeln um den Kopf ihrer Schwester festzustecken.

«Versprichst du mir, dass du heute Mittag zur Schule kommst? Da kannst du ihn abpassen.»

Minna zuckte mit den Schultern. Dann nickte sie.

Nachdem sie Elsa mit einer kurzen, heftigen Umarmung aus dem Haus geschickt hatte, ließ sie sich auf ihr Bett sinken. Seit gestern schon unterdrückte sie den Impuls, zu Carl zu laufen. Mit aller Kraft bekämpfte sie die unbestimmte Hoffnung, die sie damit verband. Ob Elsa recht hatte und es ihm etwas ausmachen würde, wenn sie wegzog? Carl hatte Beziehungen, er stammte aus einer wohlhabenden Familie in Helsingør. Möglicherweise wusste er Rat. Schon wieder stiegen Minna die Tränen in die Augen. Sie fühlte sich so machtlos, so ausgeliefert. Nun würde sie an Weihnachten fremden Menschen Braten servieren, weit entfernt von Mutter und Elsa.

Sie wischte sich über die Augen, stand auf und stapelte die wenigen Habseligkeiten auf ihr Bett, die sie mitnehmen wollte. Dann packte sie ihre Sachen in ein Leintuch und band eine Schnur darum.

Die Schülerinnen strömten in Scharen an ihr vorbei, als Minna am Mittag nach Schulschluss die Mädchenschule betrat. Fröhlich liefen die Mädchen ihren Weihnachtsferien entgegen. Manche kannte Minna noch von früher, als sie selbst hier Schülerin gewesen war, aber die meisten Gesichter waren ihr fremd. Die Flure jedoch waren ihr bestens in Erinnerung, und so stieg sie zügig in den ersten Stock hinauf, in dem Carl Olsens Klassenzimmer lag.

Als sie den lichtdurchfluteten Raum mit den abgenutzten Pulten, den Karten und Tafeln an den Wänden betrat, durchströmte sie eine wilde Sehnsucht. Hier zu arbeiten und in Büchern lesen zu dürfen! Carl stand am Pult und steckte soeben einen Stapel Unterlagen in seine Ledertasche. Er trug einen grauen Anzug mit Krawatte, wie immer, wenn er im Dienst war, und sein blonder Schopf war ordentlich gekämmt. Minnas Herz machte einen Satz.

«Carl.»

Erstaunt wandte er sich um. «Minna! Du hier? Holst du Elsa ab?»

Minna schüttelte den Kopf. Ihr fehlten die Worte, sie wusste nicht, wie sie ansetzen sollte. Schließlich brachte sie leise hervor: «Ich wollte mich verabschieden.»

«Verabschieden?» Sein Blick ging an ihrem Gesicht vorbei zur Tür.

«Ich habe gestern meine Stelle verloren. Und eine neue gefunden, zumindest für den Übergang. Als Dienstmädchen bei einer Familie in Rungsted.»

Sein fassungsloser Blick kehrte zu ihr zurück. «Wie kann das sein, Minna? Was hast du ...» Seine Stirn legte sich in Falten – sah er nur verwirrt oder ungehalten aus?

«Man hat mich mit einem Gewerkschaftsmann sprechen sehen. Und Steen hat behauptet, ich käme dauernd zu spät. Das hat wohl gereicht.»

Carl trat einen Schritt auf sie zu. «Oh Minna, das tut mir leid! Diese Kanaille! Aber was ist das für eine Geschichte mit Rungsted? Du kannst doch nicht als Dienstmädchen arbeiten!»

«Nein?» Hoffnung keimte in ihr auf. Sie sah es ja genauso.

«Natürlich nicht.» Er schüttelte den Kopf. «Du bist viel zu gut ausgebildet. Du warst Sekretärin! Warum suchst du dir nicht wieder eine ordentliche Stelle in einem Büro?»

Ach so, eine Stelle in einem Büro. Dann hielt er die Vorstellung, dass sie Lehrerin werden könnte, wohl doch für abwegig.

«Es gibt keine Stellen», erwiderte sie heftig. «Und weißt du, von irgendetwas müssen wir leben.»

«Trotzdem solltest du nicht so schnell den Kopf verlieren und hier alle Zelte abbrechen. Deine Mutter braucht dich!» Er wirkte aufgebracht.

«Meine Mutter braucht Kohle zum Heizen. Und keine erwachsene Tochter, die ihr die Haare vom Kopf frisst.»

Er machte Anstalten, etwas zu sagen, doch Minna sprach erregt weiter. «Niemand findet über Weihnachten eine Stelle.»

«Möglich.» Carl schien nachzudenken, dann trat er einen Schritt auf Minna zu und sagte leise, eindringlich: «Hör mal, lass uns in Ruhe sprechen, heute Abend. Ich komme dich abholen, wir gehen in ein Café.»

Sie blickte zu ihm auf. Sein Gesicht war ganz nah, die blauen Augen weich.

«Ich muss in zwei Stunden fahren», sagte sie, wobei ihre Stimme ärgerlicherweise zitterte. Dann nahm sie allen Mut zusammen. «Kannst du mir helfen? Hast du eine Idee, wie es für mich weitergehen könnte?»

Verblüfft wich er einen Schritt zurück. «Ich weiß nicht.» Er schüttelte den Kopf. «Ich habe noch nie darüber nachgedacht.»

Enttäuschung durchströmte sie. Er hatte noch nie darüber nachgedacht. Sie war also gerade amüsant genug, um ins Tivoli oder ein Café ausgeführt und ein wenig dressiert zu werden, aber Gegenstand weiterer Überlegungen war sie nicht.

Betont beiläufig blickte sie um ihn herum zur Tür. «Na gut. Wenn dir etwas einfällt ...»

«Gibst du mir noch deine Adresse?»

Minna öffnete gerade den Mund, als schwungvoll eine dunkelblaue Gestalt ins Zimmer fegte und von hinten ihre Arme um Carls Hals warf. «Erwischt, mein Lieber! Komm jetzt, meine Eltern warten.»

Minna stand da wie erstarrt. Sie kannte die Frau, die da an Carls Hals hing. Es war Fräulein Jensen, die an der Schule Hauswirtschaft unterrichtete.

Die junge Lehrerin hatte sie nun auch bemerkt und trat schnell einen Schritt zur Seite. «Oh, entschuldige. Du warst im Gespräch. Ich wollte nicht stören.»

Carl war errötet und sah verlegen zwischen den beiden Frauen hin und her. Minna schluckte. Sie kam sich so dumm vor. Sie hatte ja keine Ahnung gehabt. Schnell fasste sie sich. «Nein, ich wollte gerade gehen.» Sie nickte den beiden zu und wandte sich zur Tür. Ihre Augen begannen zu brennen, sie musste zusehen, dass sie hier wegkam.

«Minna!», rief Carl ihr hinterher. «Die Adresse?»

«Frag Elsa», sagte Minna. In der Tür wandte sie sich noch einmal um und sah zu dem Mann zurück, der gleich bei seiner Auserwählten zum Essen geladen war.

«Leb wohl, Carl Olsen», sagte sie heiser und eilte davon.

karen

You must turn your mournful ditty
To a merry measure
I will never come for pity
I will come for pleasure.

Zu Beginn ihrer Romanze hatte ihr Denys diese Verse gedichtet und seiner Zuneigung damit einen klaren Rahmen gegeben. Er wollte die Zeit mit ihr genießen und sich nicht ihre Klagen anhören. Dafür war er nicht zuständig. Ihre Sorgen musste sie mit sich alleine ausmachen.

Und so war sie in den letzten zehn Jahren stark geblieben und unabhängig, sie hatte sich für ihn schlank gehungert und ihm sein Lieblingsessen serviert, sie hatte in Öl gemalt und Geschichten für ihn erfunden. Zusammen hatten sie abends auf den Teppichen im Wohnzimmer von M'Bogani gelegen und auf dem Grammophon, das er ihr geschenkt hatte, Beethoven gehört. Sie hatten einander Gedichte vorgelesen, Gesellschaftsklatsch ausgetauscht und sich geliebt. Sie hatten gemeinsam gejagt und nachts auf Safaris das funkelnde Sternenmeer am afrikanischen Nachthimmel bestaunt. Die Nähe dieser Nächte war der Lohn gewesen für Karens Entbehrungen. Sein Anspruch an sie hatte sie zu einer großartigeren, leuchtenderen Frau werden lassen, in seinen Augen und auch in ihren eigenen. Und so konnte sie nicht bereuen, dass sie sich auf den Handel eingelassen hatte, den Denys ihr anbot. *I will come for pleasure.*

Er und sie liefen, so sagte sie sich, parallel. Wenn man sich selten sah, waren die Begegnungen umso kostbarer, umso rauschhafter. Es war gut, sich Routine zu versagen, denn so blieb die Freude am anderen frisch. Sie verlangte nichts von Denys, umso mehr wusste sie seine Geschenke zu schätzen.

Und doch hatte sie sich vor einigen Wochen dazu hinreißen lassen, ihn um Hilfe zu bitten. Welche Hoffnung sie damit verbunden hatte, leuchtete ihr nicht mehr ein. Hatte sie tatsächlich erwartet, er würde ihr einen Antrag machen, sie heiraten, damit sie den finanziellen Ruin abwenden und bei ihm in Afrika bleiben konnte? Hatte sie geglaubt, er würde ihre Farm retten? Dabei hatte er sich doch stets, wenn sie ihrem Gefühl von Vernachlässigung oder dem Wunsch nach Nähe Ausdruck verliehen hatte, von ihr zurückgezogen.

Karens Blick fiel auf den bläulichen Umschlag, der dort auf ihrem Schreibtisch am Fenster lag, und es stieg ein solcher Schwall Bitterkeit in ihr auf, dass ihr beinahe schlecht wurde. Das Schreiben stammte von seinen Anwälten in London. In unverschämtem Ton wurde ihr darin dargelegt, wie glücklich sie sich zu schätzen habe, dass Mr. Finch-Hatton bereit sei, ihr für einige Monate ein wenig Geld zu leihen, keinesfalls aber über diese Befristung hinaus. Sie selbst habe für die Anwaltskosten aufzukommen. Kein Wort von Denys selbst. Ob er diesen Brief gelesen hatte, bevor man ihn abgeschickt hatte?

Wie sie an der Demütigung durch diesen Brief litt, konnte sie niemandem sagen. Ein Schmerz fuhr in ihren Magen, schneidend, unerbittlich, sie kannte ihn schon. Unaufhaltsam stieg Panik in ihr auf. Was sollte nur werden, wenn sie es nicht schaffte? Was, wenn es ihr nicht gelang, die Farm zu retten? Was würde aus ihren Leuten werden, aus Farah, aus Kamante? Wohin würde sie selbst gehen? Sie durfte nicht aufgeben, und doch wusste sie nicht weiter.

Hastig überbrückte sie mit zwei Schritten die Entfernung zum Fenster, klammerte sich mit einer Hand am Rahmen fest und stützte sich mit der anderen auf dem Fensterbrett ab, während der Schmerz in ihrem Leib wütete und sie in eine gekrümmte Haltung zwang. Karen atmete flach und zitternd, ein und aus, ein und aus. Ein Wimmern entfuhr ihr. Ein und aus, ein und aus. Es würde vorübergehen, gleich würde es vorbei sein. Ein und aus.

Einige Minuten später richtete sie sich wieder auf, wischte sich mit dem Ärmel den kalten Schweiß von der Stirn, löste ihr Haar und schlang es erneut zu einem ordentlichen Knoten. Es war dünn geworden, in Afrika versteckte sie es zumeist unter einem Turban. Sie blickte aus dem Fenster. Unten am Strand bemerkte sie im schwindenden Licht die Gestalt einer jungen Frau. Karen knöpfte sich die Strickjacke auf, bei dem Anfall war ihr heiß geworden. Das zierliche Mädchen – sie wirkte sehr jung – war blond, ihr Haar quoll unter einer grob gestrickten, aber modischen Mütze hervor. Sie trug einen braunen Mantel über dem grauen Rock und derben Stiefeln. Etwas Unförmiges hatte sie zu ihren Füßen abgestellt. In der blaugrauen Dämmerung stand sie unbewegt da und sah aufs Wasser hinaus. Zu ihrer Linken glommen die Lichter von Helsingør.

Karen löste sich von dem Anblick, holte einmal tief Luft und stieg mit zittrigen Knien die Treppe hinunter ins Wohnzimmer. Ihre Mutter saß auf dem grünen Plüschsofa vor dem Kamin und strickte. Ein besticktes Deckchen lag über der Armlehne, eine dicke weiße Kalenderkerze flackerte auf dem Tischchen vor ihr und war bis zu der Zahl 21 darauf hinuntergebrannt. Als sie die Schritte ihrer Tochter hörte, ließ Ingeborg Dinesen die Handarbeit sinken und sah auf.

«Tanne, Liebes, das neue Dienstmädchen müsste jeden Augenblick eintreffen. Würdest du sie in Empfang nehmen? Du bist so gut mit Dienstboten.»

Ah, richtig. Tante Bess hatte die Initiative ergriffen. «Das mache ich, Mama.» Sie fühlte sich noch etwas schwach, war aber froh, Ablenkung zu haben. Wie gut, dass ihre Mutter von ihrer schweren Krankheit so vollständig genesen war. Nun konnte sie nach Weihnachten getrost abreisen, ihre Mutter hatte genügend liebende Angehörige um sich, die sich um sie kümmerten. «Wo hat Tante Bess das Mädchen eigentlich so schnell hergezaubert?»

Ein Lächeln zuckte um Ingeborg Dinesens Mundwinkel, ihre dunklen Augen funkelten amüsiert. «Ich glaube, sie hat sie von der Straße aufgelesen. Aus der Arbeitslosigkeit errettet oder etwas in der Art. Die christliche Nächstenliebe, du kennst doch deine Tante.»

Karen musste lachen. «Na, dann hoffe ich, das gute Kind zeigt größere Dankbarkeit für ihre Wohltaten als ich.»

«Bess wird morgen zum Tee kommen und sich davon überzeugen.»

Karen nickte ihrer Mutter zu. «Ob sie wohl Wäsche waschen kann?»

«Wir wollen es hoffen.»

Karen verließ das düstere Wohnzimmer und trat durch die Tür hinaus auf den Hof. Salzige Winterluft schlug ihr vom Sund her entgegen, und sie blieb stehen und sog ihre schneidende Klarheit ein. Sie war eine Labsal nach den betäubenden Schmerzen von eben. Da hörte sie Schritte auf dem Kies. Sie blickte sich um und sah das Mädchen den Weg zum Haus heraufkommen, einen Leinenbeutel über der Schulter. Aha. Sie war es also.

Meerblaue Augen sahen Karen aus einem makellosen runden Gesicht forschend entgegen. Das Mädchen hatte Wimpern so lang wie Gräser und eine Haut, die einen augenblicklich an Schlagsahne denken ließ. Sie konnte noch keine zwanzig sein.

«Guten Abend, bin ich hier richtig in Rungstedlund?» Sie klang forscher, als sie aussah.

Karen tat zwei Schritte auf sie zu und streckte ihr die Hand hin. «Das sind Sie, willkommen. Ich bin Baronin Blixen.»

Das Mädchen schien zu erschrecken, sank in einen halben Knicks und musste dann über sich selbst lachen. Blonde Locken kringelten sich an ihren Schläfen, Grübchen entstanden in ihren Wangen. Karen spürte, wie sich ein Schmunzeln über ihr Gesicht ausbreitete – Gesichtsmuskeln, die lange nicht bewegt worden waren, erwachten dabei zum Leben. Es fühlte sich befreiend an. «Sie sind das neue Hausmädchen?»

«Ja, Wilhelmina Kasparsson.» Das Mädchen nickte, ergriff nun endlich ihre immer noch ausgestreckte Hand und schüttelte sie. «Aber alle nennen mich Minna. Guten Tag!»

Karen nickte ihr zu. «Guten Abend, Minna. Haben Sie Ihre Referenzen dabei?»

Das Mädchen wurde bleich. «Oh, hat man Ihnen nichts gesagt? Ich bin ... Ich habe leider noch gar nicht als Dienstmädchen gearbeitet. Bis vorgestern war ich ja noch Schreibkraft bei einer Versicherung.»

Karen zog die Augenbrauen hoch. Was hatte Tante Bess da nur wieder verbrochen? «Verstehe.»

«Ich dachte, Sie wüssten Bescheid.» Das Mädchen wirkte betroffen und sprach hastig weiter: «Aber ich bin sehr erfahren, meine Mutter ist Wäscherin, und putzen kann ich auch.»

«Schon gut. Ich bin sicher, Sie werden Ihr Bestes geben.» Es hatten sich Berge von Wäsche angestaut, sie mussten für jede Hilfe dankbar sein. «Kommen Sie, ich führe Sie herum. Dann können Sie sich einrichten, Abendessen gibt es für die Bediensteten um sieben Uhr in der Küche.» Karen wandte sich zum Haus.

Die junge Minna kam ihr zögernd nach. «Entschuldigen Sie, sind Sie die Hausherrin? Man hat mir gesagt, ich soll mich bei Madame Dinesen melden.»

«Ach.» Karen blieb stehen. «Nein. Ich bin Madame Dinesens Tochter und noch ein paar Tage zu Besuch.»

«Dann sind Sie nur über Weihnachten hier.» Minna nickte.

«Und nur dieses Jahr. Ich lebe auf einer Farm in Afrika.»

«In Afrika!» Die Augen des Mädchens wurden kugelrund. «Sie reisen in ein paar Tagen nach Afrika?» Ehrfurcht und Sehnsucht schwangen in ihrer Stimme.

«Ja, nach Kenia. Haben Sie sich mit dem Kontinent beschäftigt?»

«Nicht im Einzelnen, aber ich interessiere mich für ferne Länder.» Das Mädchen blickte auf ihre Füße. Sie sah nicht glücklich aus. «Ich würde gern einmal von hier wegkommen.»

Karen sah sie prüfend an. «Das ging mir genauso, als ich jung war. Es ist nicht leicht, seinen Platz in der Welt zu finden.»

Als habe Karen mit dem Satz einen wunden Punkt getroffen, schnellte das runde Gesicht wieder nach oben, ein heller Fleck im Halbdunkel des Hofs. «Und haben Sie ihn gefunden?» Es war eine impertinente Frage, aber in der Stimme des Mädchens lag solche Dringlichkeit, dass Karen sich entschied, sie zu beantworten.

«Das habe ich. Mein Platz ist in Afrika, denn die Menschen dort erkennen mich als das, was ich bin. Sie sind unvoreingenommener, ehrlicher. Ein Mensch kann nach seinen eigenen Regeln leben.»

«Man ist dort also freier?»

Die Neugierde des Mädchens war aufrichtig und entwaffnend. Karen war fasziniert. Was für ein eigenartiges Geschöpf hatte Bess ihnen da geschickt? «Man ist wahrhaftig diejenige, die man ist. Was das bedeutet, würden Sie sofort begreifen, Minna, wenn Sie afrikanischen Boden beträten. In Afrika kann man noch sehen, wie die Menschen gemeint sind. Sie füllen ihre Rollen ganz aus.»

Die riesigen blauen Augen waren von einer Frage erfüllt, die das Mädchen nicht stellen konnte. Die Frage bezog sich wohl auf ihre eigene Rolle in der Gesellschaft, die sich augenscheinlich gerade geändert hatte. Doch welche Antwort konnte sie sich von ihr erhoffen?

Karen musste einen Augenblick darüber nachdenken, ob und wie sie eine nicht gestellte Frage beantworten sollte. Das eintretende Schweigen zwischen ihnen war eine Spur unbehaglich. Sie standen im verlöschenden Licht auf dem Kieshof, vor sich das L-förmige weiße Haus, hinter sich das Meer, und der Wind zerrte an ihren Röcken. Als nähme sie nichts davon wahr, blieb der hungrige Blick des Mädchens unverwandt auf Karens Gesicht gerichtet.

«Die Frage nach der Rolle, die ein Mensch innehat, ist heute nicht mehr so einfach zu beantworten wie noch vor dreißig Jahren, meine ich», sagte Karen bedächtig. «Früher war ein Bauer ein Bauer, ein Dienstmädchen ein Dienstmädchen. Ihre Aufgaben standen fest, ihr Platz in der Welt war klar. Heute ist das alles nicht mehr so. Heute haben moderne Mädchen wie Sie die Gelegenheit, alles Mögliche zu sein. Das ist nicht einfach, stelle ich mir vor. Man kann sich nicht mehr auf etwas berufen, in das man hineingeboren worden ist. Man muss erfindungsreich sein.»

Minna nickte langsam.

Erneut setzte sich Karen in Richtung Tür in Bewegung und fügte tröstend hinzu: «Sie werden ausprobieren, wie es hier ist. Wer weiß, vielleicht ist es das Richtige für Sie.»

Sie dachte an Farah, den stattlichen Somali, der mit seiner Rolle so untrennbar verwachsen war und damit auch mit ihr selbst, denn ein Diener war nichts ohne seinen Herrn. Farah gelang es, diesen Umstand als Selbstverständlichkeit zu betrachten und Stolz daraus zu beziehen. Seine Welt war klar und geordnet. Hier in Europa war sie seit dem Krieg aus den Fugen geraten. Niemand wusste mehr, wer oder was er zu sein hatte. Heftiges Heimweh nach Ngong ergriff von Karen Besitz.

Die Schritte auf dem Kies verrieten ihr, dass das Mädchen ihr folgte. «Kommen Sie, ich zeige Ihnen Ihr Zimmer, und dann stelle ich Sie der Köchin vor. Sie wird Sie mit Ihren Aufgaben vertraut machen. Es ist einiges liegen geblieben.»

minna

Das enge Treppenhaus im vorderen, zum Meer gewandten Teil des Hauses wurde nur schwach von einer Petroleumlampe erleuchtet. Vorsichtig tastete Minna sich Stufe für Stufe nach oben, wo die Mansarde lag, in der sie schlafen würde. Ihr schwirrte der Kopf.

Die einigermaßen freundliche Köchin mit dem geröteten Gesicht, die passenderweise Rosa hieß, hatte eine lange Liste von Aufgaben heruntergerattert, die noch vor dem Heiligen Abend erledigt werden sollten. Sie war sichtlich erleichtert gewesen, nicht mehr allein für die Belange des Haushalts zuständig zu sein. Schon die Berge an Wäsche ließen Minna schwindeln. Sie seufzte. Waschen hatte sie schon immer verabscheut, vielleicht, weil sie täglich sah, welchen Tribut es dem Körper ihrer Mutter abverlangte.

Das dunkle Haus war still, die Treppe knarzte leise. Um die Hausecken strich der kalte Wind und drang ungehindert durch die Ritzen in die Räume ein. Minna spürte den Hauch eisig auf der Haut. Plötzlich hörte sie ein eigenartiges Geräusch – war es ein Heulen? Ein Wimmern? Ein Stöhnen?

Wie erstarrt blieb sie stehen. Ein Geist konnte es ja wohl nicht sein. Spukhäuser gab es nicht. Oder doch? In ihr stieg die Erinnerung an eine Geschichte von Edgar

Allan Poe auf, die Carl ihr geliehen und die sie mit wohligem Erschauern gelesen hatte. Zögernd setzte sie den Fuß auf die nächste Stufe. Da erklang der Laut von neuem, ein hohes, atemloses Ächzen, menschlich und unmenschlich zugleich. Minnas Nackenhaare stellten sich auf. In was für ein Haus war sie da geraten?

Entschlossen stieg sie weiter, obwohl sie inzwischen am ganzen Körper Gänsehaut hatte. Der Klagelaut zog erneut durch das Treppenhaus. Als Minna oben auf dem Treppenabsatz ankam, sah sie, dass aus dem Zimmer der Baronin Licht fiel. Die dunkel getäfelte Mansarde, deren Fenster zum Sund hinausgingen, hatte man ihr am frühen Abend bei ihrer Führung durch das Haus gezeigt. Der Laut kam eindeutig aus diesem Zimmer.

Minna nahm all ihren Mut zusammen, klopfte und öffnete die Tür einen Spalt weit. Ihr Herz hörte für einen Moment auf zu schlagen. Entsetzt starrte sie auf die gekrümmte Gestalt im weißen Nachthemd, die sich vor ihr auf dem Boden wand. Die Baronin lag mit angezogenen Knien von ihr abgewandt auf der Seite. Im spärlichen Licht der Petroleumlampe auf dem Toilettentisch sah Minna schweißnasses Haar, gespenstisch bleiche Haut. Das gepresste Keuchen klang qualvoll, und der Geruch nach Erbrochenem hing im Zimmer. Die Baronin war offensichtlich krank. Minna musste schnell Hilfe holen. Doch als sie sich zum Gehen wandte, wisperte eine tonlose Stimme: «Halt. Nicht.»

Minna blieb unsicher stehen. Langsam wälzte sich die Baronin auf dem Boden zu ihr herum. Die Augen in ihrem feucht glänzenden Gesicht lagen in tiefen, dunklen Höhlen. Aus ihren Lippen war sämtliches Blut gewichen, die Frau sah aus wie ein Mensch auf dem Totenbett. Es war ein erschütternder Kontrast zu der weltgewandten, makellos zurechtgemachten Dame, die Minna vor wenigen Stunden kennengelernt hatte.

«Es klingt ab», flüsterte die Baronin und krümmte sich dann stöhnend erneut.

Minna trat ins Zimmer, griff nach dem Handtuch auf dem Frisiertisch, kniete sich vor die Frau auf den Boden und tupfte ihr das Gesicht ab. Halb erwartete sie, weggestoßen zu werden, doch die Baronin griff nach ihrer Hand und hielt sie fest. Zögernd ließ Minna das Tuch los und legte ihr die andere Hand auf die Stirn, wie ihre Mutter es tat, wenn Elsa oder sie krank oder leidend waren. Die Berührung schien die Baronin zu beruhigen. Sie lag mit geschlossenen Augen da und atmete flatternd, aber regelmäßig.

Eine lange Zeit kniete Minna neben der Frau auf dem Boden und hielt ihr die Hand, während sich ihr Atem langsam beruhigte. Ein feines Netz von Fältchen umgab die Augen und Mundwinkel der Baronin, ansonsten erschien Minna das fein geschnittene Gesicht mit den hohen Bögen der Augenbrauen, den zart geschwungenen Lippen makellos und schön. Die Baronin wirkte weder alt noch jung, Minna hätte ihr Alter nicht zu erraten vermocht. Plötzlich wurden die dunklen Augen aufgeschlagen und blickten ihr direkt ins Gesicht.

«Schön.» Die Stimme klang tief und rau. «Ihre Hände. Tun gut.»

«Pst.» Minna ließ ihre Hand liegen, obwohl die Baronin sie ansah. «Geht es besser?»

Bevor die Baronin Minnas andere Hand losließ, führte sie sie ganz kurz an ihre Wange. Dann unterbrach sie den Blickkontakt. «Ich danke Ihnen.» Mühsam stützte sie sich auf einen Ellenbogen.

Minna setzte sich auf die Fersen zurück. «Sind Sie krank?»

«Ach, das habe ich gelegentlich, es ist nichts. Sagen Sie niemandem etwas davon. Meine Mutter würde sich nur unnötig Sorgen machen.»

Minna nickte. Die Baronin wirkte zerbrechlich, aber schon war wieder die Energie zu spüren, die sie vorhin im Hof wahrgenommen hatte. Auf einmal schien der Raum nicht mehr still, sondern von Leben erfüllt.

Die Baronin setzte sich auf. «Ich komme zurecht. Wie gut, dass Sie hier waren. Sie haben wunderbar zärtliche Hände. Aber nun müssen Sie ins Bett, und ich ebenfalls.»

Minna stand auf. An der Tür drehte sie sich noch einmal um. Sie hatte das Gefühl, dass sich jemand um Baronin Blixen kümmern sollte. Doch die Baronin lächelte ihr zu. «Gehen Sie schlafen, mein Kind.»

«Gute Nacht.» Minna befolgte ihre Anweisung und zog sich zurück. Als sie jedoch in ihrer dunklen Kammer unter der schweren Decke lag, tat sie lange Zeit kein Auge zu. Sie war erschüttert vom Leiden der Baronin, die ganz auf sich allein gestellt zu sein schien. War solche Einsamkeit nun auch Minnas Schicksal?

Die Vorstellung schmerzte so sehr, dass Minnas Gedanken zu Carl wanderten. Zu Carl und Fräulein Jensen. Sie musste sich eingestehen, dass sie insgeheim damit gerechnet hatte, dass Carl etwas für sie empfand. Sie hatte geglaubt, dass er sie ausführte und mit ihr scherzte, weil sie ihm gefiel. Und als er sie ins Tivoli eingeladen, in ihrem Traum bestärkt und auf die Nase geküsst hatte, da hatte sie geglaubt, sie liege ihm wirklich am Herzen.

Nicht ein Mal hatte sie auch nur darüber nachgedacht, ob er vielleicht verlobt sein könnte. Natürlich war ihr immer klar gewesen, dass sie als mittelloses Arbeitermädchen ohne Beziehungen für ihn keine gute Partie wäre. Er hatte nur stets den Eindruck erweckt, ihm seien solche Dinge nicht wichtig. Und da hatte sie sich wohl getäuscht.

Heiße Tränen quollen ihr aus den Augen. Sie weinte vor Wut über sich selbst. Von nun an würde sie sich besser schützen.

3

Sonntag, der 22. Dezember 1929

minna

«Minna, lass das Zeug im Wasser liegen und komm! Dein Kaffee wird kalt!»

Rosas Stimme drang gedämpft herüber in die Waschküche, in der Minna seit den frühen Morgenstunden schuftete. Ganze Berge von Wäsche hatte sie bereits ausgekocht.

Minnas Tag hatte um halb sieben begonnen. Da hatte sie sich mit dem Korb voll Feuerholz auf ihre Runde durch die Wohnräume begeben, sich vor die gusseisernen Öfen gekniet und eingeheizt. Für ein solch weiträumiges Haus mit einer Handvoll Bediensteter kam ihr die Heizung geradezu primitiv vor. Es erforderte eine Menge Arbeit, jedes Zimmer warm zu bekommen, und auf den Gängen und Treppen blieb es kalt. Das große Wohnzimmer mit den Plüschsofas, Perserteppichen und bräunlichen Vorhängen, an denen Troddeln baumelten, war elegant, aber in die Jahre gekommen. Einzig die elektrischen Kerzen an den Kronleuchtern verrieten, dass sie in einem modernen Zeitalter lebten – die Kerzen und das Haustelefon im Esszimmer, von dem aus man direkt unten in der Küche anrufen und einen Nachschub an Tee anfordern konnte. Was wohl geschähe, wenn Minna selbst einmal nach oben in die Räume der Herrschaft telefonierte und nachfragte, wie sie denn eigentlich entlohnt werden sollte? Darüber hatte nämlich noch niemand mit ihr gesprochen. Man hatte ihr lediglich eine winzige Mansarde zugeteilt und jede Menge Aufgaben. Vermutlich war es besser, noch ein paar Tage zu warten, bis sie ihre Herrin nach Geld fragte. Auf ihrem Rundgang hatte sie kurz erwogen, im Zimmer der Baronin nach dem Rechten zu sehen, doch das stand ihr nicht zu. Die Vertrautheit von letzter Nacht war allein dem Moment geschuldet gewesen. Trotzdem gelang es Minna nicht, ein Gefühl der Verantwortung ganz abzuschütteln.

Nun wischte sie sich die Hände an der Schürze ab und rückte ihr weißes Häubchen zurecht. Der lange schwarze Wollrock war ihr viel zu weit, am Abend würde sie ihn enger machen müssen.

Als sie die warme Küche betrat, saßen Rosa, das alte Kindermädchen Malla und Kutscher Petersen bereits um den wackeligen Holztisch. Rosa hatte ihn mit grünem Geschirr gedeckt, und es duftete herrlich nach Kaffee. Scheu nickte Minna den anderen zu und setzte sich hungrig auf ihren Platz. Als sie sich gerade ihr Brot mit Butter und Marmelade bestrich, kamen Schritte die Treppe heruntergepoltert. Alle Blicke richteten sich zur Tür, die mit Schwung aufflog und gegen die Wand knallte. In einem seidenen Morgenmantel und einem Turban um den Kopf trat die Baronin in die Küche. Ihre dunklen Augen blitzten in dem schmalen, blassen Gesicht, sie sah aus wie ein Araber.

«Guten Morgen!», rief sie mit ihrer tiefen Stimme. Es klang, als hätte sie seit dem Aufstehen noch nicht allzu viel gesprochen. «Heute brauche ich einen Kaffee, man kann einfach nicht jeden Morgen Tee trinken. Rosa, haben Sie eine Tasse für mich?»

Während sich die Baronin einen Stuhl heranzog, stand Rosa auf. Sie stellte ein weiteres Gedeck auf den Tisch und schenkte dem Überraschungsgast Kaffee ein. Minna wusste nicht, wie sie sich zu verhalten hatte. War es in Ordnung weiterzuessen?

Ungezwungen angelte sich die Baronin eine Scheibe Brot aus dem Korb. «Lassen Sie sich nur nicht stören, Minna, ich bin hier unten oft zu Gast, seit ich klein bin. Nicht wahr, Malla?»

Das grauhaarige, rundliche Kindermädchen nickte lächelnd. Sie sah so verhutzelt aus, als wäre sie hundert Jahre alt. «Oben war dir oft langweilig.»

«Und heutzutage ist es nicht anders.» Die Baronin biss in ihr Brot und sah Minna an. «Haben Sie gut geschlafen, Minna? Haben Sie, was Sie brauchen?» Die Verletzlichkeit der letzten Nacht war wie weggefegt.

Minna beeilte sich zu nicken. «Es ist alles bestens. Die erste Ladung Bettwäsche ist schon gewaschen.»

«Wunderbar, das wurde auch Zeit. Ich habe noch eine Seidenbluse, die ich für die Reise brauche. Ich lege sie in meinem Zimmer aufs Bett, Sie können sie sich nachher holen.»

«Jawohl.» Der Blick der Baronin wanderte weiter, und Minna begann wieder zu essen.

«Rosa, hast du schon für Heiligabend geplant? Meine Brüder und meine Schwester Elle kommen. Und natürlich wird Tante Bess da sein. Malla, du bekommst über die Feiertage mit Mitten und ihren beiden Cousinen wieder alle Hände voll zu tun. Was soll es denn zu essen geben?»

Die Köchin sah die Baronin skeptisch an. «Nun, mittags machen wir das kalte Buffet, wie jedes Jahr. Und abends wie immer den Schweinebraten mit Rotkohl und braunen Kartoffeln, so wie Madame ihn mag.»

Es klang köstlich, dachte Minna.

Doch die Baronin blickte auf ihren Teller und seufzte. «Ich wünschte, wir könnten einmal weniger schwer essen, weniger ... traditionell.» Sie lehnte sich in ihrem Küchenstuhl zurück. «Lasst mich ein Beispiel geben. Ich will euch einmal von dem Festmahl erzählen, das ich letztes Jahr kurz vor Weihnachten für den Prinzen von Wales ausgerichtet habe. Er kam mich nämlich auf der Farm besuchen, um eine Ngoma zu sehen», sie nickte in die Runde, «das ist eine riesige Tanzveranstaltung der Kikuyu mit Hunderten von Tänzern. Es war aber gar nicht die Jahreszeit dafür, und wir mussten uns sehr bemühen, alles innerhalb kürzester Zeit zu organisieren. Mein Diener Farah war davon völlig in Beschlag genommen, also musste ich mich mit Kamante selbst um das Essen kümmern.» Sie sah Rosa an. «Kamante ist mein Koch. Ich habe ihn als kleinen Jungen geheilt, er kam mit einem offenen Bein zu mir. Danach wollte er unbedingt in meine Dienste treten, und ich habe ihn als Koch eingestellt. Er ist sehr eigensinnig, und ich muss mich oft über ihn ärgern, aber er hat sich in der Küche als wahres Naturtalent entpuppt. Ich bin überzeugt, er könnte auch in einem Grandhotel in Paris kochen und würde nichts als Begeisterung ernten.» Sie zupfte gedankenverloren am seidenen Ärmel ihres Morgenmantels.

Minna warf einen Blick zu Rosa hinüber, die griesgrämig die Mundwinkel nach unten zog.

«Wir fuhren einen Tag lang durch ganz Nairobi und kauften die erlesensten Zutaten. Das Menü bestand aus klarer Suppe – Kamantes Spezialität –, Steinbutt aus Mombasa mit einer Sauce hollandaise, Schinken in Champagner pochiert», sie richtete den Blick konzentriert an die Decke, «Rebhühnern, die uns die Massai geschenkt hatten, zusammen mit Erbsen, Nudeln mit Sahne und Trüffeln, die verschiedensten bunten Gemüse, Perlzwiebeln, Tomatensalat und warme Wildpilzpastete, und zum Nachtisch Savarinkuchen, Erdbeeren und Passionsfrüchte aus dem Garten. Der Abend war Kamantes größter Triumph. Ich habe nie vorzüglicher gegessen.»

Minna starrte die Baronin mit aufgerissenen Augen an, sie konnte nicht anders. Sie kam ihr vor wie ein Wesen aus einer fremden Welt, eine Königin, die umgeben von sagenhaft talentierten schwarzen Dienern in märchenhaftem Reichtum lebte. Hatte sie das gemeint, als sie davon gesprochen hatte, dass sie in Afrika ihren wahren Platz gefunden hatte?

«Wir sind hier mit Braten und brauner Soße im Allgemeinen ganz zufrieden», sagte Rosa mürrisch.

«Weshalb war der englische Thronfolger in Afrika?», fragte Minna leise. «Kennen Sie ihn schon lange?»

Der dunkle, schwärmerische Blick der Baronin kehrte zu ihr zurück. «O nein. Er hat nur eine Safari unternommen, zusammen mit guten Freunden von mir.» Ihr Blick richtete sich wieder in die Ferne. «Wir haben Schiffslaternen auf der Terrasse aufgehängt. Vor meinem Haus brannten Hunderte von Feuern, um die eine entrückte Menschenmenge zu Trommeln tanzte – alle Häuptlinge waren gekommen, um den König der Weißen zu sehen.

Sie waren etwas enttäuscht davon, dass er so wenig stattlich aussah, haben sie mir hinterher anvertraut. Sie fanden nicht, dass ein so schlanker Mann König sein sollte.» Sie lachte, ein tiefer, kehliger Laut.

«Du lachst immer noch wie ein geplatzter Holzschuh.» Malla war die Einzige, die mitlachte.

Die Baronin schob ihren Stuhl zurück. Die Scheibe Brot blieb angebissen auf ihrem Teller liegen. «Herrlich war es bei euch hier unten. Aber ich muss nach oben, wir gehen zum Gottesdienst. Rosa, Tante Bess kommt wie jeden Sonntag zum Tee. Plätzchen und Sandkuchen wären schön. Minna, bitte servieren Sie im Salon.» Mit diesen Worten verschwand sie die Treppe hinauf wie eine silberweiße Erscheinung aus einer märchenhaften Welt.

Minna schwirrte der Kopf. Exotische Bilder zogen an ihrem inneren Auge vorüber. Dass es Menschen gab, deren Leben so weit sein konnte! Als sie der Baronin gestern begegnet war, in festem Schuhwerk, einer braunen Strickjacke und einem braunen Wollrock, hatte sie nicht besonders glamourös ausgesehen. Ihre rauchige Stimme und die wachen braunen Augen, die Minna beinahe dazu bewogen hätten, ihr die verrücktesten Fragen zu stellen, waren das einzig Ungewöhnliche an ihr gewesen. Dann hatte sie in der Nacht das zerbrechliche, erbärmliche Wesen kennengelernt, das so gierig ihren Trost aufgesogen hatte. Und nun war da diese mondäne Weltenbummlerin, die mit Königen zu Tisch saß.

Minna schrak aus ihren Gedanken, als sie die Köchin schnauben hörte. «Der Kronprinz von England! Wildpilzpastete! Pah!» Rosa stand auf und stellte scheppernd ihr Geschirr zusammen. «Was sie nicht erwähnt, ist, dass ihr geschiedener Mann mit der neuen Frau Baronin mit am Tisch gesessen hat. Und was macht das aus ihr? Ist das überhaupt noch respektabel?»

Kutscher Petersen, der bislang stumm geblieben war und auch sonst nicht allzu viele Worte zu machen schien, blickte missbilligend auf. «Das geht uns gar nichts an.»

«Diese hochtrabenden Anwandlungen, die sie immer hat! Es wird noch einmal böse mit ihr enden. Ich denke da nur an ihren Vater.»

Malla sah Rosa entsetzt an. «Wie kannst du das nur sagen, Rosa!»

«Was ist denn mit Herrn Dinesen geschehen?», fragte Minna.

Eine stumme Wand schien sich plötzlich im Raum zu erheben. Malla hustete. Die Wanduhr tickte.

Na, dann sollten sie doch ein Geheimnis darum machen. Minna stand auf und stellte ihr Geschirr neben das Spülbecken. «Ich muss dann wieder hinüber. Vielen Dank, Rosa.»

Auf dem Weg in die Waschküche dachte sie an Carl. Dieser hatte vermutlich gestern an ihrer Stelle Fräulein Jensen ins Café ausgeführt, möglicherweise zur Feier ihrer Verlobung. Die passt ja auch viel besser zu dir, sagte sie im Stillen zu ihm. Eine Lehrerin für den Sohn aus gutem Hause. Ich bin für dich doch immer nur ein Zeitvertreib gewesen. Eine politische Mission. Du wolltest ein Arbeitermädchen zur gebildeten Frau machen, jedenfalls solange ich weiter in der Schreibstube arbeite. Aber es war umsonst. Hier stehe ich in Häubchen und Schürze am Waschbrett. Na, Carl? Was sagst du jetzt?

karen

Sie lag auf ihrem Bett und blätterte gelangweilt in einer Ausgabe der *Tilskueren*. Dass sie in der Zeitschrift unter dem Künstlernamen «Osceola» eine Erzählung publiziert hatte, war nun über zwanzig Jahre her. Welche Hoffnungen sie damit verbunden hatte! Damals waren ihr die Zeitschrift und überhaupt die literarische Szene in Kopenhagen unendlich spannend vorgekommen. Wie übel sie es Tante Bess genommen hatte, als sie ein Treffen zwischen ihr und dem Kritiker Georg Brandes verhindert hatte, weil sie es für unschicklich gehalten hatte. Jahrelang hatte Karen sich gegrämt, diese Gelegenheit verpasst zu haben.

Damals hatte sie tatsächlich geglaubt, Schriftstellerin werden zu können. Auch mit der Malerei hatte sie geliebäugelt, obwohl sie während ihrer Zeit an der Kunstschule in Paris so unglücklich gewesen war. Wenn sie Bror nicht geheiratet hätte, wäre ihr dann ein Leben in der Bohème zugeflogen? Damals hatte das Leben vor ihr gelegen wie eine weite Ebene. Unzählige Wege hatten ihr offen gestanden, doch keiner war ihr wirklich verlockend erschienen. Sie hatte sich nach Hans verzehrt, der sie nicht wollte. Dann hatte ihr sein Zwillingsbruder Bror den Heiratsantrag gemacht und sie damit erlöst von der Ungewissheit, wer und was sie sein konnte. Seit der

Heirat mit Bror war sie Baronin Blixen, Herrscherin über eine Farm in Afrika und einigermaßen unabhängig von all den Gewichten, die in Rungstedlund an ihr hingen wie Blei.

Die Kehrseite war, dass sich die anderen Wege nun verschlossen hatten. Sie hatte sich entschieden, für dieses Leben, gegen die anderen. Nun, mit 44 Jahren, musste Karen mit dem vorliebnehmen, was sie erreicht hatte.

Es klopfte zaghaft an der Tür. Sie richtete sich ein Stück auf. «Herein?»

Das neue Hausmädchen steckte seinen blonden Kopf ins Zimmer. «Entschuldigung», sagte sie. «Ich wollte mir die Bluse holen.»

Karen deutete auf das Fußende ihres Bettes, wo die weiße Seide im Nachmittagslicht glänzte und darauf harrte, gewaschen und gebügelt zu werden. Minna trat ins Zimmer und ging mit zügigen Schritten darauf zu. Sie sah in dem zu großen Wollrock, der ihr beinahe von den Hüften rutschte und den sie deshalb mehrmals mit dem Schürzenband umwickelt hatte, ungeheuer zart aus. Noch einmal so jung zu sein wie dieses Mädchen! Alle Möglichkeiten zu haben, dem eigenen Leben eine Richtung zu geben!

Minnas Zuwendung gestern Abend hatte den Anfall tatsächlich schneller vorübergehen lassen, das nahm Karen zumindest an. Es hätte nicht zu den Pflichten des Mädchens gehört, nach ihr zu sehen und sich um sie zu kümmern, und doch hatte sie es getan. Sie hatte keine Fragen gestellt, ihr lediglich beigestanden. Es gab auf der Welt zu wenige Menschen, die einfach so etwas füreinander taten, ohne eine Gegenleistung zu verlangen.

«Auf dem Toilettentisch liegt mein Zigarettenetui, wären Sie so freundlich?»

Minna wandte sich zu dem Tisch, nahm das silberne Etui und hielt es ihr wortlos hin. Sie wirkte in sich gekehrt, beinahe missmutig. Karen musste lächeln.

«Es macht Ihnen keinen Spaß, oder?»

Das Mädchen zuckte überrascht zurück. «Spaß?»

«Sie wollen diese Arbeit nicht machen, das kann ich sehen.»

Unwirsch runzelte Minna die Stirn. «Es ist nichts Ehrenrühriges daran, seinen Lebensunterhalt zu verdienen. Ich schäme mich nicht dafür. Wir sind arm.»

«Sie sind arm, du lieber Himmel! Ich bin auch arm.» Auf den ungläubigen Blick des Mädchens hin fügte sie hinzu: «Die Armut ist die größte Freiheit. Auch wenn das auf den ersten Blick vielleicht nicht so aussieht. Ich sage Ihnen, wirklich schlimm ist es, ein moderates Auskommen zu haben, ein Bürger zu sein. So ein Leben nimmt einem die Luft zum Atmen. Das Proletariat atmet freier, ihm gehört die Zukunft. Man muss entweder märchenhaft reich sein oder arm wie ein Bettler. Sie und ich, wir haben nichts zu verlieren. Und so sollten wir auch leben, Minna, als hätten wir nichts zu verlieren.»

Minna hatte es die Sprache verschlagen. Sie starrte sie an, und mit einer gewissen Genugtuung klappte Karen ihr Etui auf und zündete sich eine Zigarette an. Sie blies den Rauch aus und sah aus dem Fenster auf den Sund hinaus.

«Ich gebe zu, natürlich ist die Armut auch ein gewisses Hindernis, man selbst zu sein. Trotzdem ist das Einzige, was wir brauchen, Phantasie», sagte sie bedächtig.

«Wer Phantasie hat, kann alles werden. Gibt es etwas, wovon Sie träumen, Minna?»

Zögernd wandte sich das Mädchen ab und griff nach der Bluse auf Karens Bettkante. «Ich träume davon, dass meine kleine Schwester auf ein Gymnasium gehen kann. Ich träume davon, zu studieren und Lehrerin zu werden.» Sie richtete sich wieder auf und sah Karen mit Trotz in den Augen an. «Mir ist schon klar, dass das Hirngespinste sind. Flausen, sagt meine Mutter. Wir könnten uns ein Studium niemals leisten. Ich kann froh sein, wenn ich wieder eine Anstellung als Schreibkraft finde.» Es schien sie nicht sonderlich zu kümmern, ob sie die Tochter ihrer neuen Arbeitgeberin mit diesem Satz etwa verärgerte.

«Gut!», sagte Karen. «Sie sollen träumen, lassen Sie es sich nicht ausreden. Träume befreien uns von den zurechtsetzenden Kräften auf der Welt, von den Bürgern, die glauben, sie hätten das Monopol auf die Wirklichkeit. Träume sind schöpferisch. Sie können Dinge verändern. Und wenn man einen so klaren Traum hat wie Sie, Minna – dann ist es doch eigentlich einfach.»

Minna lachte auf, halb verwirrt, halb entrüstet.

«Lehrerin.» Karen hörte sich selbst beim Nachdenken zu. «Ich durfte selbst nie zur Schule gehen, wir Mädchen hatten eine Hauslehrerin.»

«Manchmal wünschte ich ...» Minna strich sich fahrig eine verirrte Haarsträhne aus dem Gesicht. «Wenn man nicht essen müsste ... Dann würde ich es einfach versuchen, wissen Sie?» Tränen traten in die blauen Augen, und das Mädchen blickte schnell zu Boden. «Aber wenigstens meine Schwester soll den höheren Schulabschluss machen.»

Karen nahm einen nachdenklichen Zug aus ihrer Zigarette. Dem Mädchen, das ihr so bereitwillig beigestanden hatte, musste man doch helfen können. «Wissen Sie, ich habe auf der Farm für die Kinder meiner Leute eine Schule gegründet. Vielleicht könnten Sie dort ... Erfahrung sammeln. Sie könnten testen, ob Sie wirklich für den Beruf gemacht sind. Einer härteren Prüfung könnten Sie Ihre Wünsche nicht unterziehen, das Leben dort ist recht fordernd in vielerlei Hinsicht. Es wäre eine unorthodoxe Ausbildung, aber es wäre eine.»

Minna war mitten in der Bewegung erstarrt und blickte sie mit weit aufgerissenen Augen an. «Sie würden ... Würden Sie mich mitnehmen? Nach Afrika?»

Karen lehnte sich in ihr Kissen zurück und zog an der Zigarette. «Nun, mitnehmen könnte ich Sie nicht, ich reise ja schon in drei Tagen ab. Aber», sie dachte nach und stieß den Rauch aus, «wir könnten Ihnen eine spätere Passage buchen. Ich würde für die Kosten aufkommen, wenn Sie sich verpflichteten, mindestens zwei Jahre zu bleiben und sich um die Schule zu kümmern. Ich könnte wirklich Entlastung gebrauchen.»

Man konnte förmlich sehen, wie sich die Gedanken im Kopf des Mädchens überschlugen. Sie wirkte wie elektrisiert.

«Trauen Sie sich den Stoff zu? Im Wesentlichen geht es um Lesen und Schreiben und die Grundrechenarten, alles auf Englisch natürlich. Können Sie Englisch?»

Minna nickte und ließ sich auf die Bettkante sinken. «Ich habe es in der Schule ein wenig gelernt, und ein Freund ... mein früherer Lehrer, er hat mir in den letzten Jahren englische Bücher geliehen. Mit einem Wörterbuch habe ich versucht, sie zu lesen. Das meiste habe ich verstanden, glaube ich. Aber ganz leicht fällt es mir nicht.»

«Ach, Sie werden es schnell lernen. Mein Englisch war auch katastrophal, als ich in Afrika ankam. Ich habe heute noch einen starken dänischen Akzent, sagt man mir.»

Minna lächelte sie an, entwaffnet. Ihr Misstrauen schien verflogen.

Einer spontanen Eingebung folgend beugte sich Karen vor und griff nach ihrer Hand. «Es ist an der Zeit, dass wir Frauen gut zueinander sind», sagte sie. «So, wie Sie es gestern Abend zu mir waren. Wir müssen loyal sein, aufrichtig, und wir müssen Mut haben. Niemand wird uns helfen, wenn wir nicht einander helfen.» Sie ließ Minna los und lehnte sich wieder zurück. «Ich habe mir in meiner Jugend von den Frauen in meiner Familie so viel über Moral und Anstand anhören müssen, und damit meinten sie natürlich in erster Linie den Umgang mit Männern. Aber kommt es darauf wirklich so sehr an? Ich denke, Anstand ist etwas allgemein Menschliches, und wir sollten anfangen, wir Frauen, einander als Menschen zu behandeln.»

Minna nickte. Sie sah ernst aus. «Ich bin unter Frauen aufgewachsen.» Sie senkte die Augen auf ihre verknoteten Hände. «Meine Mutter und meine Schwester sind das Wichtigste für mich. Und ich habe früh gelernt, dass Männer ... dass Männer es nicht immer gut mit einem meinen. Man muss vorsichtig sein.»

Karen legte den Kopf zur Seite und sah dem Mädchen ins Gesicht. Das klang nach einer interessanten

Geschichte. Es würde sie wundern, wenn ein solch hübsches Ding bislang gänzlich ungeschoren davongekommen wäre. «Hat Ihnen jemand das Herz gebrochen?»

«Nein. Also ... nicht absichtlich. Es war vielmehr ...»

«Wer ist es?» Sie atmete den Rauch tief in ihre Lunge.

Minna blickte auf die Bluse in ihren Händen. «Ich hatte gehofft, mein ehemaliger Lehrer ... der auch ein Freund ist, auf gewisse Weise, ich dachte ...»

«Hat er Ihnen falsche Hoffnungen gemacht?»

Minna zuckte mit den Schultern. «Vermutlich habe ich mir selbst falsche Hoffnungen gemacht. Aber er hat vielleicht nicht genügend Offenheit walten lassen. Er ...»

Mitten in ihre Worte hinein erklang unten auf der Treppe Gepolter, und Karens Mutter rief: «Tanne! Tanne, komm herunter! Bess ist da!»

Minna schnellte von der Bettkante hoch. «Ich kümmere mich dann wohl besser um die Wäsche.»

Karen drückte die Zigarette in dem Schälchen auf dem Nachttisch aus. «Denken Sie in Ruhe über mein Angebot nach und kommen Sie heute Abend zu mir, wenn Sie noch Fragen haben. Vor meiner Abreise muss ich alles in die Wege leiten. Sie haben nicht viel Zeit, um sich zu entscheiden.»

minna

Sie fühlte sich wie unter Strom gesetzt. Eine Mischung aus Angst und Euphorie rauschte durch ihre Adern. Immer wieder durchzuckte es sie wie ein Schlag – Afrika! Bekam sie wirklich die Gelegenheit, ihrem vorgezeichneten Leben zu entfliehen? Sie hatte sich nie gescheut zu arbeiten, aber sosehr sie sich auch abmühte, ihre Arbeit würde nicht dazu beitragen, dass sie die engen Grenzen ihres Lebens sprengen konnte. Vielmehr schien sie Minna noch fester an die alten Abläufe zu schmieden, an den gleichförmigen Trott ohne Ausweg. Bis zum Schreibfräulein hatte sie es gebracht, das war etwas, und doch war es zu wenig. Sie sehnte sich nach Möglichkeiten. Minna wollte nicht enden wie ihre Mutter, die vor ihren Jahren gealtert war mit der grauen, zerfurchten Haut und der gebeugten Haltung, die vom Leben nichts mehr zu erwarten schien. Mutter war eine stolze Arbeiterfrau gewesen, als Vater noch gelebt hatte. Doch ohne ihn war ihr nichts geblieben als Schufterei und bittere Ausweglosigkeit.

Mit zitternden Knien stieg Minna die Treppe in die Küche hinab. Sie wünschte, sie könnte sich mit ihrem Leben aussöhnen. Sie wollte ja bei ihrer Familie bleiben. Zufrieden sein mit dem, was sie hatte. Aber sie vermochte es nicht. Hatte es nie vermocht. Seit sie denken konnte, hatte sie mehr sehen wollen als das, was ihre Eltern ihr vorgelebt hatten. Durfte sie gehen? Was würde dann aus Elsa werden?

Sie legte die Bluse in die Waschküche und machte sich an den Abwasch. Gleich die erste Tasse fiel ihr beinahe in das große Porzellanbecken, so sehr schlotterte sie am ganzen Körper. Minna stellte sie schnell ab, stützte sich mit beiden Händen auf und atmete tief durch. Die Möglichkeit, ein solches Abenteuer zu erleben, surrte durch ihre Adern wie ein Rausch. Sie fühlte sich kaum in der Lage, den Spüllappen zu halten.

Durch das Fenster, einem schmalen Schlitz oben in der Wand, hörte sie Stimmen und knirschende Schritte auf dem Kies im Hof. Das Leben hier ging ganz normal weiter, Besuch kam, Pferde wurden abgeschirrt. Nur sie selbst war urplötzlich von dieser Normalität ausgespuckt worden und schwebte haltlos im Raum.

Minna versuchte sich zusammenzureißen. Wer wusste schon, ob diese Baronin es überhaupt ernst meinte? Vielleicht hatte sie ja nur so dahingesagt, dass sie sie mit nach Afrika nehmen wolle. Und da sie angeblich arm war – hatte die Köchin beim Frühstück nicht ebenfalls so etwas angedeutet –, konnte sie möglicherweise weder Minnas Schiffspassage noch ihren Unterhalt bezahlen.

Sie horchte in sich hinein und stellte fest, dass sie Baronin Blixen vertraute. Was sie gesagt hatte, über Träume und Freiheit und Loyalität, das hatte sie genau so gemeint. Minna hatte noch nie jemanden getroffen, der die Dinge so auf den Punkt brachte. Die Baronin wirkte mit ihrer rauchigen Stimme und der etwas herablassenden Art wie eine Lebedame, aber in ihr brannte ein Ernst, den

Minna erkannte. Sie erkannte ihn, weil sie ihn schon oft gesehen hatte. Die Baronin war nicht glücklich.

Sie hatte nicht über Minna gesprochen, eben, dort oben in der Mansarde. Sie hatte über sich selbst gesprochen. Natürlich musste so ein Leben allein auf einer Farm – denn die Baronin war ja geschieden, wie sie wusste – einsam sein. Minna selbst jedenfalls würde sich nach ihrer Familie verzehren, da war sie sich sicher. Trotzdem war sie bereit, wie die Baronin den Preis der Einsamkeit zu zahlen. Gleichzeitig schwante ihr, dass sie nicht wusste, wie hoch dieser Preis wirklich war. Ihr wurde ein wenig mulmig zumute.

Sie griff gerade erneut nach dem Spüllappen und der grünen Tasse, da krachte und knisterte laut das Haustelefon. «Hallo?», ertönte eine Stimme. Vor Schreck setzte Minnas Herz einen Schlag aus. Unnötigerweise blickte sie sich um, aber die Köchin war nach wie vor nicht in der Küche. Wo steckte Rosa? Sollte Minna ans Telefon gehen?

Sie wischte sich die Hände an der Schürze ab und griff vorsichtig nach dem Hörer. «Ja, hallo?», sprach sie laut hinein.

«Rosa, bitte lassen Sie uns Tee und Gebäck in den Salon bringen. Meine Schwester ist eingetroffen», erklang etwas verzerrt Madame Dinesens Stimme.

Minna öffnete den Mund, um zu antworten, da hatte die Herrin bereits aufgelegt.

Was sollte sie tun? Sie wollte die Köchin nicht in Schwierigkeiten bringen, aber es gehörte nicht zu ihren Aufgaben, Getränke oder Nahrungsmittel zuzubereiten. Rosa hatte gleich am ersten Abend klargestellt: «Du gehst mir nicht an meine Vorräte!» Minna blickte sich um. Dort drüben auf der Anrichte standen auf einer Platte Kuchen und Kekse bereit. Die konnte sie doch einfach nach oben tragen. Und Tee zu kochen, dazu war sie selbst ja wohl auch in der Lage. Kurz entschlossen füllte sie Wasser in den Teekessel und entzündete die Gasflamme auf dem Herd.

Zehn Minuten später balancierte Minna das blauweiße Geschirr, das ihr im Geschirrschrank als geeignet erschienen war, auf einem riesigen Tablett in das Wohnzimmer, das die gesamte Breite des Hauses einnahm. Im spärlichen grauen Nachmittagslicht saßen die Damen einander auf zwei grünen Sofas gegenüber, die vor dem bullernden schmiedeeisernen Ofen standen. Die beiden Schwestern trugen lange, dunkle Kleider, gegen die sich das fließende Blusenkleid der Baronin hell abhob. Wenn ich so viel Geld hätte, dachte Minna, würde ich mir etwas Modischeres kaufen, knielang und gerade geschnitten, mit engen Ärmeln. Auf dem Sims über dem Ofen stach ihr ein wunderschöner Strauß aus weißen Amaryllis und Grün in die Augen. Gebastelte weiße und silberne Papierherzen hingen daran.

Als Bess Westenholz sie bemerkte, nickte sie ihr lächelnd zu. Minna machte einen kleinen Knicks und stellte vorsichtig das Tablett auf dem Tischchen zwischen den Sofas ab. «Guten Tag! Ich bringe Ihnen den Tee.»

«Vielen Dank!», sagte Madame Dinesen, griff nach der Teekanne und schenkte ein. «Wie ich sehe, haben Sie das gute Geschirr genommen, wie hübsch.»

«Es ist ja auch bald Weihnachten», sagte Madame

Westenholz, und dann an Minna gewandt: «Geht es Ihnen besser, Minna?»

«O ja», antwortete sie. Als sich die Stirn der Dame leicht umwölkte, fügte sie schnell hinzu: «Vielen Dank für alles. Sie haben meiner Familie und mir eine große Sorge genommen.»

«Das freut mich zu hören. Schön, dass wir helfen konnten.» Madame Westenholz nickte ihrer Schwester zu, die am Tee nippte und Minna freundlich ansah.

«Wir sind sehr froh, Sie hierzuhaben, Sie haben sicher bemerkt, dass der Haushalt kurz vor dem Zusammenbruch stand. Vielen Dank, dass Sie sich gleich um die Wäsche gekümmert haben.»

Minna lächelte gezwungen zurück. Was gab es auch zu sagen?

In diesem Augenblick stürzte ein etwa zehnjähriges, dunkelhaariges Mädchen mit von der Kälte geröteten Wangen zur Tür herein und legte beim Anblick der Frauen eine Vollbremsung aus vollem Lauf hin.

«Tante Bess, guten Tag! Oh, Tante Tanne, du hast unsere Papierherzen aufgehängt!», rief sie freudig.

«Natürlich, kleine Mitten, und sie sehen wunderbar aus, nicht?», entgegnete die Baronin lebhaft.

Bewundernd trat das Kind an den Kaminsims und fasste nach dem Papierschmuck an dem großen Strauß. Dabei bemerkte sie nicht, dass sie mit ihrem Mantel über den Tisch fegte. Klirrend fiel eine Tasse zu Boden, Bess Westenholz fing eine zweite gerade noch auf. Der heiße Tee ergoss sich über ihr Kleid.

«Autsch!»

Das Mädchen fuhr bestürzt herum und schlug sich

die Hand vor den Mund. Minna ging in die Knie und hob die Tasse auf, die zu Boden gefallen war. Es war nur eine kleine Ecke abgeschlagen, doch auf dem Fußboden hatte sich eine Pfütze gebildet.

«Das macht nichts, Mitten.» Die Baronin zog das Kind neben sich aufs Sofa. «Es ist nur eine Tasse.»

«Vorsicht ist die Mutter der Porzellankiste», sagte Bess Westenholz trocken.

Minna sprang auf. «Ich hole einen Lappen.»

Als sie wenig später zurückkehrte, hatte sich die Stimmung in dem Raum drastisch geändert. Gereiztheit lag in der Luft.

«Du hast es mir ja schon immer übelgenommen, dass ich dich beschützen wollte», sagte Bess gerade.

Die Baronin lachte ihr rauchiges Lachen. «Aber wir sind doch längst versöhnt, liebste Bess. Du hast für mich an Georg Brandes geschrieben, wenn auch zwanzig Jahre zu spät. Und so bin ich zu einem Austern-Essen im Fiskehuset mit dem Doyen der literarischen Welt gekommen, was fabelhaft war. Ich glaube, inzwischen weißt du selbst, dass mir auch als junge Frau keine Gefahr von ihm gedroht hätte.»

«Gewisse Dinge waren und sind eben nicht schicklich. Und sie machen auch nicht glücklich.»

Madame Dinesen rutschte unbehaglich auf dem Sofa herum. Minna ließ sich auf die Knie nieder und nahm mit dem Lappen den Tee auf.

«Wie du sicherlich weißt», sagte die Baronin übermütig, «breche ich die Zehn Gebote und fühle mich dabei sehr glücklich.»

«Tanne!», rief ihre Mutter vorwurfsvoll und wies mit dem Kinn auf das aufmerksam lauschende Kind.

«Wir wollen von anderen Dingen sprechen», sagte Madame Westenholz säuerlich. «Aber ich muss dir sagen, Tanne: Ich bin doch moralisch enttäuscht von dir.»

«Ich habe die höchste Hochachtung vor deiner Moral und deinem guten Gewissen, Tante Bess», sagte die Baronin. «Man muss aber doch auch sehen, dass beides ein gewisser Luxus ist. Du konntest es dir leisten, dich von den Dingen fernzuhalten, die dir zuwider sind. Den meisten Menschen ist das nicht beschieden.»

Minna spürte Madame Westenholz' Blick auf sich, als sie sich mit dem nassen Lappen wieder aufrichtete.

«Hast du denn den letzten Band von *Kristin Lavransdottir* ausgelesen, Bess?», wechselte die Herrin hastig das Thema. «Tanne, lass uns den Spaß. Du bist von Sigrid Undset nicht überzeugt, das weiß ich», sagte sie an die Baronin gewandt.

«Nein, ich bewundere sie», sagte diese, offensichtlich um einen versöhnlichen Ton bemüht. «Sie schafft Momente von großer Schönheit, die sehr ergreifend sind, gerade weil bei ihr sonst alles in einer großen Trübsal versinkt.»

«Sie führt uns die moralischen Gesetze des Lebens vor Augen, mit einer gewissen Strenge wohl, aber sie ist unbestechlich», entgegnete Bess Westenholz.

«Ich finde doch, dass es in jedem Leben, und sei es noch so unglücklich, ein wenig Gemütlichkeit und einen Grund zum Lachen gibt», sagte die Baronin.

«Sicher», beschwichtigte ihre Mutter. «Ein heiteres Gemüt und die Freude an kleinen Dingen ...»

Minna hatte nun wirklich keinen Vorwand mehr, sich noch länger im Raum aufzuhalten. Dabei waren die Spannungen zwischen den Damen wirklich zu interessant. An der Tür zwinkerte Minna noch einmal der kleinen Mitten zu, die inzwischen recht gelangweilt wirkte, und ging dann durch das Esszimmer zurück zur Küchenstiege.

Als Minna in die Küche kam, stand Rosa mitten im Raum und stützte wütend beide Fäuste in die Seiten. «Warum hast du nicht gewartet, bis ich wieder hier war?», blaffte sie Minna an.

«Ich wollte nur helfen», entgegnete Minna ungehalten. «Ich habe oben nicht gesagt, dass Sie nicht da waren.»

Sofort schien die Köchin sich zu entspannen. «Ach.» Sie kniff die Augen zusammen. «Und du hast selbst den Tee gemacht?»

Minna nickte.

«Dann lass uns hoffen, dass er den Damen schmeckt. Aber es kommt nicht wieder vor, dass du meine Dosen und Schränke öffnest, verstanden?»

«Nein, Rosa. Entschuldigung.» Am liebsten hätte Minna die Augen verdreht. Wie überall verteidigte auch hier jeder seine Pfründe.

Die Köchin ging hinüber zur Arbeitsfläche und schnitt zwei große Stücke von dem Sandkuchen ab, der dort thronte.

«Setz dich. Du hast dir ein Stück Kuchen verdient.»

Aha, das Friedensangebot. Minna zog sich einen Stuhl heraus und setzte sich. Es war die Gelegenheit, das

Thema anzusprechen, das ihr seit dem Morgen im Kopf herumspukte.

«Rosa?», sagte sie. «Wer war Herr Dinesen, der Hausherr? Und was ist mit ihm?»

Rosa schnaubte, dann aber trat sie an den Tisch, nun offenbar bereit, Auskunft zu geben. «Er war Soldat. Und ein Dichter. Er hat Bücher geschrieben, über die Jagd. Angeblich hat der König große Stücke darauf gehalten. Er nannte sich nicht Dinesen, sondern ... warte, es ist mir entfallen, es war etwas Ausländisches, wahrscheinlich Lateinisch. Bo. Boganis.»

Ganz schön hochtrabend. «Ach so», sagte Minna. «Deswegen reden die über Bücher, als gäbe es nichts Wichtigeres auf der Welt.»

Rosa kicherte und ließ sich ächzend auf den Stuhl gegenüber sinken. «Ja, in dieser Familie hat man Talent, sich über ausgedachte Probleme zu streiten.» Sie deutete auf den Kuchen. «Iss.»

Das ließ Minna sich nicht zweimal sagen.

«Madame Dinesen ist ja sehr vernünftig. Sie war hier schon immer die Einzige, die auf dem Boden geblieben ist und sich um alles gekümmert hat. Dabei ist sie freundlich und gütig, man kann sich keine bessere Herrin wünschen. Aber die anderen ...» Rosa machte eine wegwerfende Handbewegung und biss ebenfalls in ihren Kuchen.

Er war am Morgen frisch gebacken worden und schmeckte himmlisch. Minna schluckte. «Rosa? Was ist mit Herrn Dinesen geschehen?»

Die Köchin zog die Augenbrauen hoch. «Na, der hat sich aufgehängt.»

Erschrocken legte Minna ihren Kuchen auf den Teller. «Wann war das?»

«Ach, es ist Jahre her. Die Kinder waren noch klein.»

«Aber warum hat er das getan? War er verschuldet?»

«I wo! Sieh dich doch um. Für die Familie war immer bestens gesorgt. Einige der Kinder haben ihr Geld nur mittlerweile verschleudert. Nein, wie man so hört, war es etwas anderes.»

Das hatte nun wie eine Aufforderung geklungen nachzufragen. Bereitwillig kam Minna ihr nach. «Was haben Sie denn gehört?»

«Tja.» Rosa schmatzte zufrieden. «Er soll verliebt gewesen sein in eine Hausangestellte. Sogar ein Kind soll er mit der haben. Die musste natürlich gehen. Soll ihm das Herz gebrochen haben, dass er nicht mit ihr zusammenleben konnte.»

«Oh.» Minna staunte. Das klang ja wie eine Liebesgeschichte aus der Illustrierten, die Alberte Bager in der Mittagspause manchmal gelesen hatte.

Rosa nickte vor sich hin. «Er war einfach vom Pech verfolgt. So ist das, wenn einer keinen Seelenfrieden hat, es ist ein Fluch. Ein paar Jahre vor seinem Tod wäre fast der gesamte Hof abgebrannt. Es war früher ein Vierthof. Hab es selbst nicht mehr gesehen. Aber es gab hier eine richtige Landwirtschaft, mit Vieh und allem Drum und Dran. Dann haben die Gebäude in einem heißen Sommer Feuer gefangen. Es soll lichterloh gebrannt haben. Sie konnten nur die beiden Seiten retten, die heute noch stehen. Ein Glück, dass kein Mensch zu Schaden kam.»

«Das klingt, als hätte er kein leichtes Leben gehabt.» Minna dachte an ihren eigenen Vater, der ebenfalls kein leichtes Leben gehabt hatte und früh gestorben war. Und doch war Vater ein heiterer Mensch gewesen, voller Selbstbewusstsein und Tatendrang, ein stattlicher Mann mit ausladendem Schnurrbart und blitzenden blauen Augen. Mit ihm war das Leben bunt gewesen, an allem hatte er das Schöne und Lustige sehen können. Nachdem die Schwindsucht ihn hingerafft hatte, war das Leben lange überhaupt nicht mehr schön und lustig gewesen. Trotzdem glaubte Minna, dass sie ihre Neugierde und die Bereitschaft zu lachen von ihrem Vater geerbt hatte.

Die Baronin hatte es mit ihrem Vater offenbar weniger gut getroffen.

«Sie verehren ihn hier im Haus alle sehr. Scheint schon seine Qualitäten gehabt zu haben.» Rosa zuckte mit den Schultern.

Minna schob ihr Geschirr zusammen und stand auf. «Wenn man jemanden liebt, sieht man eben das Gute. Vielen Dank, Rosa. Das war ein köstlicher Kuchen. Sie verwöhnen uns.»

Die Köchin lächelte geschmeichelt. «Abendessen ist um acht, wenn die Herrschaft gegessen hat. Es gibt Rollmops mit Schwarzbrot.»

Auf dem Weg in die Waschküche war Minna nachdenklich. Dass auch die Baronin als Kind ihren Vater verloren hatte, gab ihr erneut das Gefühl, ihr näher zu sein, als man für gewöhnlich halten könnte. Sie hatten sich beide ohne schützende Hand durch das Leben schlagen müssen. War die Baronin deswegen eine solch selbstbewusste, unbeugsame Frau geworden? Sie schien den Widrigkeiten, die ihr entgegenstanden, nicht viel Raum zuzumessen. Teils kam Minna das vor wie die Frivolität einer Tochter aus gutem Hause, teils aber schien es absichtsvoll zu geschehen. Die Baronin ging unbeirrt ihren Weg, brach die Zehn Gebote – Minna erschauerte, was sollte das wohl heißen? – und wirkte frei wie ein Vogel. In jungen Jahren war sie nach Afrika gegangen und hatte sich dort ihr Leben so aufgebaut, wie sie es haben wollte.

Glaubte sie tatsächlich, dass auch Minna dazu in der Lage war? Wenn sie es nicht versuchte, würde sie es niemals erfahren.

4

Montag, der 23. Dezember 1929

karen

Als sie nach dem Aufstehen aus ihrem Dachfenster sah, war die Welt in einem weißen Nichts verschwunden. Es hatte über Nacht zu schneien begonnen, an der Scheibe hatten sich Eisblumen gebildet, dahinter rieselten noch immer dicke Flocken vorüber. Der Garten war schneebedeckt, der Sund auf der anderen Seite der Straße kaum zu erkennen. Das Haus lag eingebettet in eine Wolke aus Weiß, und es herrschte eine beinahe übernatürliche Stille. Vielleicht würde das Weiß Minna besänftigen, würde die Stille auf sie abfärben.

Karen lächelte.

Das Mädchen war ein unruhiger Geist. Ihre Anwesenheit im Haus fühlte sich an, als hielte man einen kleinen, flatternden Wildvogel in den Händen, der sich zu befreien suchte. Offenbar gab es etwas in ihrem Leben, dem sie entfliehen wollte – einer unglücklichen Liebe vielleicht. Sie war eine kleine Blaumeise, die im dänischen Winter um ihr Leben kämpfte und es in den Frühling schaffen konnte, wenn Karen ihr half.

Wie es wohl wäre, wenn ich eine Tochter hätte, fragte sie sich. Wenn ich damals gleich nach meiner Heirat mit Bror ein Kind bekommen hätte anstelle der Krankheit, wäre es nun ungefähr so alt wie dieses Mädchen.

Am Vorabend hatte sie mit Minna nicht mehr sprechen können. Sie hatte sich erst noch mit Tante Bess versöhnen müssen, die ihr immer Vorschriften machte und andererseits selbst so frustriert war. Es tat Karen leid, wie verzweifelt die Tante war, der sie so viel verdankte. All die Jahre, in denen sie in engen, selbstgesetzten Schranken gelebt hatte, kamen Bess nun verschwendet vor. Sie hatte sich etwas davon erhofft, dass sie so viel Zeit und Mühe in ihre Nichten und Neffen investiert hatte, doch nun saß sie als alte Jungfer allein auf Folehavegaard und grämte sich über den Undank der Welt.

Als sie die Treppe nach unten stieg, um im Esszimmer mit ihrer Mutter zu frühstücken, läutete das Telefon im Flur. Da sie ohnehin beinahe dort angekommen war, hob Karen ab. «Rungstedlund hier?»

Ein kurzes Schweigen, dann sagte eine sonore männliche Stimme: «Guten Morgen. Ich würde gern Fräulein Minna Kasparsson sprechen, bitte.»

Unwillen durchzuckte Karen. «Darf ich wissen, wer da spricht?» Fröstelnd zog sie ihre Jacke enger um sich, es war wirklich bitterkalt hier im Treppenhaus.

«Mein Name ist Carl Olsen. Ich bin ihr ehemaliger Lehrer. Es gibt da etwas, das ich Minna mitteilen muss, ich konnte ihr in einer Sache helfen.»

Aha, der Lehrer, der Hallodri. Minna hatte kurz von ihm gesprochen. Der Mann hatte dem Kind anscheinend gehörig den Kopf verdreht und sein Spiel mit ihr getrieben, vielleicht hatte er ihr das Herz gebrochen. Ganz bestimmt würde Karen sie ihm jetzt nicht ausliefern.

«Sie ist momentan nicht abkömmlich», sagte Karen kühl. «Ich werde ihr ausrichten, dass Sie angerufen haben.»

«Nein, ich müsste bitte jetzt ...»

«Auf Wiederhören.» Indigniert legte Karen den Hörer zurück auf die Gabel.

Einen Augenblick blieb sie neben dem schwarzen Telefon stehen und strich sich mit eiskalten Händen die Haare aus dem Gesicht. War es richtig, Minna abzuschotten? In Afrika pflegte sie sich so wenig wie möglich in die Privatangelegenheiten ihrer Angestellten einzumischen. Es war eher so, dass sie mit ihren Problemen von selbst zu ihr kamen. Doch natürlich war stets Vorsicht geboten: Karen konnte auch nach fünfzehn Jahren in Kenia nicht behaupten, all die unterschiedlichen Sitten und Bräuche der Kikuyu, Somali oder Massai zu verstehen, sie konnte sie lediglich akzeptieren. Dagegen wusste sie sehr wohl, wie es war, ein junges Mädchen zu sein, das in Dänemark an seinen Träumen verzweifelte. Sie kannte sehr wohl die strengen Regeln und Beschränkungen, die ein Mädchen aufhielten und banden, und sie wollte Minna helfen, sie außer Kraft zu setzen. Ein Lehrer, der romantische Erwartungen schürte, war dabei ihrer Erfahrung nach nicht von Nutzen.

Ingeborg Dinesen saß im Esszimmer bereits an dem rechteckigen Mahagonitisch mit der blassgrünen Leinendecke und blickte ihrer Tochter leutselig entgegen. Immer ist sie freundlich, dachte Karen, immer still vergnügt. Sie liebt ihre Routine, aber sie braucht sie nicht, sie war auch in Afrika immer ausgeglichen, als sie mich besucht hat. Ihre Mutter war ein zu guter Mensch, als dass man sich jemals von ihr lösen und ganz frei machen konnte. «Guten Morgen, Mama.» Karen beugte sich hinab und küsste sie auf die weiche Wange, bevor sie sich setzte.

In dem leicht stickigen Raum war es behaglich warm, der gusseiserne Ofen bullerte. Ihre Mutter schenkte Tee ein und reichte den Brotkorb herüber. Manchmal empfand Karen es als Zumutung, dass sie so früh am Tag schon essen sollte, aber sie wollte keine Besorgnis hervorrufen. Sie hatte in den letzten Monaten stark abgenommen, was sie im Grunde erfreute. So konnte sie wenigstens auf die unangenehmen Abführmittel verzichten, auf die sie sonst regelmäßig zurückgriff. Trotzdem musste sie zusehen, dass sie bei Kräften blieb. Das Jahr, das in Kenia auf sie wartete, würde ihr viel abverlangen.

Sie trank ihren Tee in kleinen Schlucken und setzte dann die Tasse ab. «Mama, ich fahre heute nach Kopenhagen. Ich muss für Weihnachten und für die Reise noch einige Besorgungen machen. Petersen wird mich nach Klampenborg bringen. Brauchst du etwas?»

Ihre Mutter schüttelte den Kopf. «Ich habe alle Geschenke.» Sie nahm Karens Hand und drückte ihre Finger. «Nur noch zwei Tage, Tanne!»

Karen erwiderte den Druck. «Du wirst mich in Ngong bald wieder besuchen kommen, nicht?» Ohne eine Antwort abzuwarten fügte sie schnell hinzu: «Du weißt ja, dass es mir gutgehen wird. Ich werde wieder die hohe Luft atmen, die sich so leicht atmet, mir wird endlich wieder warm sein bis auf die Knochen. Weißt du noch, als wir in der Mittagshitze über der Ebene beobachtet haben, dass die Luft lebendig wird wie eine brennende Flamme, dass sie funkelt, wogt und strömt wie Wasser? Ich kann dir nicht sagen, wie warm es sich anfühlt, wenn ich in den Schnee hinausschaue und daran denke.»

Ihre Mutter lächelte versonnen, sie entsann sich. Doch dann fragte sie: «Und Denys?»

Karen blickte auf ihren Teller, für den Augenblick fehlten ihr die Worte. Was ahnte ihre Mutter?

«Du hast so wenig von deinem Besuch in Hampshire erzählt. Was sind die Finch-Hattons denn für Menschen?»

Karen nahm einen Bissen von ihrem Butterbrot und kaute bedächtig. «Der Besuch war zu kurz», sagte sie schließlich. «Ich hatte in Buckfield House so wenig Zeit, alle kennenzulernen. Denys' Bruder Toby, den Earl, habe ich nur abends zum Dinner gesehen, er hatte viel zu tun. Im Krieg ist er hoch dekoriert worden, wie Tommy. Mit Denys' Schwägerin habe ich jeden Tag Tee getrunken. Margaretta ist auf amerikanische Art reizend, eine wahre Schönheit, und märchenhaft reich. Der Earl hat sich durch die Heirat mit ihr saniert, sie war die beste Partie, die man Anfang des Jahrhunderts an der Westküste machen konnte. Und sie ist dafür dann Lady Maidstone geworden.» Die Freundlichkeit der Lady hatte etwas so Unverbindliches gehabt, dass Karen nur mit Unbehagen daran zurückdachte.

«Ah.» Ingeborg lehnte sich genüsslich zurück. Sie hätte es niemals zugegeben, aber sie liebte Klatsch. «Wer ist ihre Familie?»

«Die Drexels aus Philadelphia. Ihr Vater besitzt Banken und Immobilien, soweit ich weiß.»

«Und ist sie angenehm?»

«Soweit ich es beurteilen kann. Lebhaft. Du würdest sie wohl etwas oberflächlich finden. Aber sie hat seelenvolle helle Augen, die einen schönen Kontrast bilden zu ihrem dunklen Haar. Sehr feine Züge, immer äußerst elegant.»

«Versteht sich Denys gut mit seiner Schwägerin?»

«Ich glaube, er findet sie amüsant.» Karen hätte gern hinzugefügt, dass sie eine gewisse äußere Ähnlichkeit zwischen Margaretta und sich selbst festgestellt hatte, aber das hätte unbescheiden geklungen. «Mit seinem Bruder ist er allerdings ein Herz und eine Seele. Sie haben ihre eigenen Scherze, sind viel zusammen draußen unterwegs. Man hat dennoch den Eindruck, die Finch-Hattons machen sich Sorgen um Denys und sein gefährliches Leben in Afrika.» Karen hatte auch den Eindruck gehabt, dass der Earl eifersüchtig war auf sie, weil sie dieses afrikanische Leben mit Denys teilte. Es war wie ein unsichtbares Band zwischen ihnen, das schwerlich zu ignorieren war, auch wenn Toby sich augenscheinlich darum bemüht hatte. Wenn sie ganz ehrlich zu sich war, hatte der Earl wenig Interesse an ihr gezeigt. «Aber ihr sorgt euch ja ebenfalls manchmal um mich.» Sie zwinkerte ihrer Mutter zu.

Ingeborg tätschelte ihre Hand. «Ich weiß aber auch, wie glücklich du dort zumeist bist.»

«Denys jedenfalls kann nur dort leben», sagte Karen. «Er braucht die Weite des Landes, die Safaris, die Freiheit. In einem efeubewucherten alten Kasten wie Buckfield House, mit eingebildeten Langweilern um sich herum, würde er eingehen.»

Ihre Mutter nickte nachdenklich. «Es wurde trotzdem Zeit, dass Denys dich seiner Familie vorgestellt hat.» Sie zögerte kurz. «Glaubst du, er ...»

Karen nutzte das Zögern ihrer Mutter. «Ach, da fällt

mir etwas ein.» Sie erhob sich hastig und stürzte ihre Tasse Tee hinunter. «Ich habe oben etwas vergessen. Entschuldige, Mama, ich bin spät dran.» Sie beugte sich hinunter und küsste ihre Mutter erneut auf die Wange. «Wir sehen uns heute Abend und feiern alle zusammen den Lille Juleaften.»

Ehe Ingeborg Dinesen protestieren konnte, schritt Karen zügig aus dem Zimmer.

minna

Sie hatte kaum ein Auge zugetan. Die ganze Nacht über hatte sie an die dunkle Täfelung der Zimmerdecke gestarrt. Draußen hatte es zu schneien begonnen, bläuliches Licht war durch den Vorhang gefallen, und ihr war so schrecklich bang gewesen. Noch nie hatte Minna ihre Mutter und Elsa so schmerzlich vermisst. Hätten sie zu Hause in Nørrebro ein Telefon gehabt, sie hätte die beiden mitten in der Nacht angerufen.

Niemals zuvor in ihrem Leben war Minna bei einer wichtigen Entscheidung auf sich allein gestellt gewesen. Und doch wusste sie, dass niemand ihr jetzt helfen konnte, am wenigsten ihre Mutter, die aus ihrem begrenzten Lebenskreis nie herausgetreten war. Wie hätte sie einschätzen sollen, ob es für Minna der richtige Schritt war, als Lehrerin nach Afrika zu gehen? Es würde ihr nur Angst machen. Minna war erleichtert gewesen, dass die Baronin am Vorabend so lange mit ihrer Tante und ihrer Mutter zusammengesessen und sich dann sofort auf ihr Zimmer zurückgezogen hatte. Sie hätte so schnell nicht zu sagen gewusst, ob sie ihr Angebot annehmen wollte.

In der Nacht, als sie wach gelegen und angstvoll gegrübelt hatte, waren ihre Gedanken immer wieder zu Carl gewandert. Er war abenteuerlustig und gab nichts auf seine erworbene Stellung und seinen Wohlstand. Es wäre so hilfreich, mit ihm zu sprechen. *Du verstehst, was für eine Chance das für mich ist, nicht? Ein Arbeitermädchen aus Nørrebro, das in Kenia Eingeborene unterrichtet. Carl! Ich hätte niemals gedacht, dass ich reisen könnte, die Welt sehen!* Sie stellte sich sein Gesicht vor, das sie aufmerksam ansah, ein wenig sehnsüchtig beinahe. *Du würdest gerne mitkommen, meinst du? Soll ich die Baronin fragen?* Ganz kurz gestattete sich Minna den Traum, sie würde zusammen mit Carl nach Afrika gehen. Sie sah ihn vor sich auf dem Deck eines Überseedampfers stehen, die blonden Haare vom Wind zerzaust, die Augen funkelnd. Mit ihm wegzugehen wäre nicht schwer. Er war stark, gebildet, er ließ sich von niemandem die Butter vom Brot nehmen.

Doch Carl hatte kein Interesse an ihr. Er würde Fräulein Jensen heiraten, und sie musste zusehen, wo sie blieb. Allein nach Afrika zu gehen erschien ihr die bessere Alternative zu einem Leben an der Schreibmaschine oder gar als Ehefrau eines Arbeiters. Es war eine Chance, die es im Leben nur ein Mal geben würde. Sie müsste verrückt sein, sie nicht zu ergreifen. In den frühen Morgenstunden hatte sie ihren Entschluss gefällt. Sie würde es tun.

Mit einem Stapel Leinen für den Wäscheschrank auf dem Arm stieg sie übermüdet die Treppe aus der Küche herauf. Ihre Nervenenden schienen zu zittern vor Erschöpfung. Sorgfältig schichtete sie die Laken ein, nahm all ihren Mut zusammen und betrat das Esszimmer. Noch vor wenigen Minuten hatte die Baronin hier zusammen mit ihrer Mutter gefrühstückt. Mit einem Blick erkannte Minna jedoch, dass die Herrin allein war. Sie saß am Tisch und las in einer Zeitung. Fragend blickte sie auf. «Ja?»

«Entschuldigen Sie bitte, Madame.» Minna sah sich um. «Ich wollte gern die Frau Baronin sprechen.»

Erstaunt lehnte sich Madame Dinesen im Stuhl zurück. «Da kommen Sie zu spät, sie ist soeben auf ihr Zimmer gegangen. Sie bricht gleich in die Stadt auf. Aber wenn Sie laufen, erwischen Sie sie vielleicht noch.»

«Vielen Dank.» Minna knickste und eilte an der Herrin vorbei. Sie spürte den bohrenden Blick im Rücken, als sie die Tür zum Wohnzimmer öffnete. Der große, helle Raum, den sie in den frühen Morgenstunden beheizt hatte, war ebenfalls mollig warm. Sie eilte über den zart gemusterten Teppich, trat ins Treppenhaus und rannte die Treppe zur Mansarde der Baronin hinauf.

Die Tür stand offen, und die Baronin lehnte an ihrem Toilettentisch, rauchte und hielt eine Fotografie in den Händen. In dem grauen Winterlicht, das durch das Fenster hereinfiel, wirkte sie beinahe erschreckend bleich. Ihre Augen hatte sie heute dunkel und dramatisch geschminkt, und der zu helle Puder sorgte dafür, dass ihr Gesicht beinahe maskenhaft aussah. Erschrocken blieb Minna im Türrahmen stehen.

Ihr schneller Atem ließ die Baronin von der Fotografie aufblicken. Sie hielt sie so, dass Minna darauf einen jungen, kurzgeschorenen Mann mit Bart erkannte. «Entschuldigung», sagte Minna, ohne darüber nachzudenken, denn es kam ihr so vor, als habe sie einen intimen Moment gestört.

Die Baronin nickte und stellte das Foto ab. «Mein Vater», sagte sie. «Er fehlt mir.»

«Ich habe gehört, dass er schon vor einiger Zeit gestorben ist. Es tut mir leid», entgegnete Minna scheu.

«Ich war zehn Jahre alt.» Die Baronin nahm einen Zug aus ihrer Zigarette.

«Ich auch!» Die Worte waren Minna entschlüpft, ohne dass sie abgewogen hatte, ob es klug war, sie auszusprechen. «Ich meine, mein Vater ist ebenfalls gestorben, als ich zehn Jahre alt gewesen bin.»

Der Blick der Baronin schien aus tiefen, dunklen Höhlen zu kommen. «War er krank?»

Minna blickte zu Boden. «Er hatte die Schwindsucht.» Sie war froh, dass es unziemlich gewesen wäre, sich nach Herrn Dinesens Tod zu erkundigen. Überrascht hörte sie die Baronin sagen:

«Mein Vater hatte auch eine schwere Krankheit. Er hat seinem Leiden selbst ein Ende gesetzt.»

Das verwies Rosas Dienstbotenklatsch wohl auf den Rang eines Groschenromans, war aber nicht weniger skandalös oder geheimnisvoll. «Das muss für Ihre Familie schwer gewesen sein.»

«Schwerer, als Sie ahnen. Für mich insbesondere. Ich komme charakterlich nach ihm und habe ihn sehr vermisst. Er hätte mich besser verstanden, als die anderen es getan haben.» Die Baronin drückte ihre Zigarette aus und ging zum Bett, wo ihre Tasche und ein Hut bereitlagen. «Haben Sie sich überlegt, ob Sie mir folgen und meine afrikanischen Kinder unterrichten wollen? Wählen Sie die Freiheit?»

«Ich denke schon.» Minnas Stimme klang brüchig. Sie räusperte sich.

Die Baronin wandte sich um und sah sie prüfend an.

«Sie denken? Haben Sie Vorbehalte? Gibt es etwas, was Sie zurückhält? Jemanden?»

«Also, natürlich ...»

«Ich meine, ist es ein Mann? Dieser Lehrer?»

Minnas Herz stockte. Sie schüttelte den Kopf. «Es gibt keinen Mann. Ich wünschte allerdings, ich könnte meinen Vater um Rat fragen. Mir fehlt jemand, der mich berät und der sich in der Welt besser auskennt als ich.»

Die Baronin sah zum Fenster. «Wir vaterlosen Töchter haben es nicht leicht. Man erzieht uns dazu, hilflos zu sein, man bringt uns bei, wir hätten keine Wahl. Und oft empfinden wir unser Leben genauso.» Sie blickte Minna direkt ins Gesicht. «Als hätten wir keine Wahl, als seien wir ausgeliefert.»

Es kam Minna vor, als könnte die Baronin in ihr lesen wie in einem Buch, doch sie wich ihrem Blick nicht aus.

«Man erzieht uns zur Abhängigkeit vom Geld und der Liebe der Männer. Man bringt uns nicht bei, erwachsen zu sein und nützlich. Man lässt uns glauben, wir bräuchten einen Mann, um dem Leben einen Sinn zu geben – und gerade, weil wir keinen Vater haben, glauben wir es umso mehr. Man bereitet uns darauf vor, Opfer zu bringen, uns hinzugeben für die Familie. Aber nicht jeder Mann ist dieses Opfer wert. Bei weitem nicht.»

Minna beobachtete, wie sich die Mundwinkel der Baronin spöttisch verzogen. Eine Welle der Trauer schwappte über sie. Carl wäre ein Opfer wert gewesen, dachte sie. Er wäre es wert gewesen, dass man ihn unterstützte, ihn liebte. Nun würde bestimmt bald Fräulein Jensen dafür sorgen, dass er die gebotene Liebe und

Fürsorge erhielt. Wie albern, dass sie je gehofft hatte, er könne sie dafür in Erwägung ziehen.

«Man muss sich natürlich fragen, was erhalten die Frauen dafür? Ist es nicht erbärmlich wenig? Meine Tante Bess beispielsweise hat uns als Kindern alles gegeben, sie hat uns ‹ihre Jugend geopfert›, wie sie es jetzt gerne nennt. Und Dankbarkeit dafür erwartet. Aber diese Dankbarkeit steht niemandem zu. Man gibt, weil man geben möchte. Man muss *wollen*, was man tut.»

Minna nickte. Sie hatte die Baronin bislang nicht so heftig erlebt und war etwas eingeschüchtert.

«Niemand wird es einem entgelten, wissen Sie, Minna. Wir müssen aufhören zu hoffen, wir könnten unser Leben durch einen Mann leben. Aufhören, ein Leben aus zweiter Hand zu führen.»

Sie ballte ihre knochige Hand zur Faust. «Wir sind Menschen, die zum Leben in einer direkten Beziehung stehen, Sie und ich, so wie Männer es immer getan haben. Wir können es uns nicht leisten, einem romantischen Ideal nachzueifern. Wir müssen unser Schicksal in die eigenen Hände nehmen, bevor es zu spät ist, bevor andere für uns entscheiden.»

Wie recht sie hatte! Minna hörte dieser gebildeten Frau völlig hingerissen zu. Noch nie hatte ihr jemand gesagt, sie könne über ihr Leben entscheiden. Doch wenn sie darüber nachdachte – hatte sie nicht genau das getan, indem sie Ole Steen von sich gestoßen hatte? Hatte sie nicht entschieden, kein Opfer zu sein, sich nicht beschmutzen zu lassen? Sie wollte so frei sein wie die Baronin, die dort als hochgewachsene, stolze Erscheinung vor ihr stand und ihr vorkam wie ein Wesen aus reiner Luft.

Die Baronin streifte sich die Handschuhe über. «Ich freue mich, dass Sie den Mut aufbringen, Minna. Afrika wird Sie zum Vorschein bringen. Wir können dort alles sein, was wir nur wollen. Ich erzähle Ihnen bald mehr. Nun müssen Sie mich entschuldigen, die Kutsche wartet.»

Minna trat aus dem Türrahmen zurück, um sie vorbeizulassen. Als die Baronin an ihr vorüberging, hielt sie noch einmal kurz inne. «Warten Sie nicht darauf, dass Ihnen Ihr Liebster den Weg ebnet. Ich werde Ihnen helfen.» Sie nickte Minna zu und stieg die enge Stiege hinab.

Benommen ging Minna wieder hinab in die Küche. Sie hatte sich entschieden. Die Baronin würde ihre Abreise in die Wege leiten. Es schmerzte mehr, als sie erwartet hatte. Nicht nur der Gedanke an ihre Mutter und Elsa brannte in ihrer Brust, auch Carls Gesicht stand ihr lebhaft vor Augen. Er hatte sich für eine standesgemäße Verbindung entschieden, und das konnte sie ihm wirklich nicht vorwerfen. Doch dass er bei Fräulein Jensens Familie schon ein und aus ging und Minna diesen Umstand bislang vollkommen verschwiegen hatte, nahm sie ihm übel. Vielleicht war es gut, dass ihr das Schicksal diesen Dämpfer verpasst hatte. Nun konnte sie wirklich aufnehmen, was die Baronin ihr vermitteln wollte: Dass sie ganz allein für ihr Schicksal verantwortlich war und dass es ihr mit Mut und Einfallsreichtum auch ohne männliche Hilfe gelingen konnte, ein erfülltes Leben zu führen. Es stimmte ja, sie wollte überhaupt keine Ehefrau sein, ein Kind nach dem anderen bekommen und waschen, kochen und putzen. Eine Ehe würde sie sofort in diese Rolle drängen, vermutlich sogar eine Ehe mit Carl. Sie konnte sich nicht vorstellen, dass er seine Hemden selbst bügelte.

Aber führte die Baronin ein erfülltes Leben? Besonders glücklich wirkte sie auf Minna jedenfalls nicht.

Als Minna die Küche betrat, wuchtete Rosa eine riesige Schüssel Kartoffeln vor sie auf den Tisch.

«Hier, zum Schälen.»

Na, großartig. Minna ließ sich auf einen Stuhl sinken, nahm das Messer und begann mit der Arbeit. Sie wäre gern ihren Gedanken nachgehangen, doch die Köchin war eine geschwätzige Person.

«Kartoffelsalat für so viele Personen ist viel mehr Arbeit, als die Herrschaften glauben. Dabei tut die Herrin immer so, als wollte sie mir keine Mühe machen. ‹Nur keinen Aufwand, Rosa!› Aber all das Geschnippel musste sie eben auch noch nie selbst machen.» Rosa schüttelte den Kopf. «Außerdem möchte die Herrin heute Abend Julesalat aus Chicorée, was glaubst du, wie lange ich danach gesucht habe. Zum Glück habe ich den Hering längst eingelegt, und die Sülze ist gemacht.» Sie hielt Minna eine große Schüssel mit rötlichem Inhalt unter die Nase. «Mit Roter Bete, eine Augenweide, nicht?»

Minna nickte. «Hübsche Farbe.»

«Ich koche noch die Eier, mache den Kartoffelsalat, dann stellen wir am Nachmittag alles im Esszimmer auf den Tisch. Ich hoffe, du hast die gute Brokatdecke gebügelt. Sie bedienen sich dann selbst, wie immer am Juleaften.»

«Wer kommt denn alles zu Besuch?»

«Oh.» Rosa drehte sich um, stemmte die Fäuste in die

breiten Hüften und neigte sinnend den Kopf. «Alle lebenden Kinder. Der Lieblingsbruder der Baronin, Tommy, kommt mit Frau und Kindern. Anders, Madames jüngster Sohn, trifft heute Abend aus Jütland ein, und morgen kommt Frau Elle mit ihrem Mann. Die Mutter von Mitten, dem armen Würmchen, war die Älteste der Schwestern, aber sie ist im Kindbett gestorben. Natürlich ist auch noch Madame Westenholz dabei. Es sind also», sie rechnete, «acht Erwachsene und drei Kinder.»

Minna staunte. «Eine große Familie.»

Rosa nickte und drehte sich um. «Früher war hier der Teufel los, als sie noch zu fünft durch das Haus getobt sind. Madame Dinesen hatte große Mühe, sie zu bändigen. Insbesondere mit der Baronin war es nicht leicht. Die Kinder hätten die Strenge eines Vaters nötig gehabt.»

«Man kann auch ohne Vater groß werden», erwiderte Minna ungehalten. «Vielleicht wird man sogar schneller erwachsen und lernt das Leben früher kennen.»

Rosa musterte sie. «Da sprichst du aus eigener Erfahrung, was? Tja, es ist wohl was anderes, wenn man sich seinen Lebensunterhalt selbst verdienen muss. Solche Sorgen hatten die Kinder in diesem Hause nicht.»

«Was ist denn aus ihnen geworden?»

Rosa hob die Schultern. «Anders hat ein Gut übernommen, irgendwo im Norden. Tommy hat für die Kanadier im Krieg gekämpft, er hat für seine Tapferkeit sogar das englische Viktoriakreuz erhalten. Jetzt schreibt er irgendwelche Bücher, soweit ich weiß. Hat eine Pastorentochter geehelicht und zwei kleine Töchter bekommen.»

«Und Elle?»

«Die hat gut geheiratet. Einen Anwalt, Land hat er

auch.» Rosa beugte sich vor und tat übertrieben beeindruckt. «Die sind gerade in ein Schloss eingezogen. Vornehm geht die Welt zugrunde.»

«Die Familie hat gute Beziehungen», stellte Minna fest. Wenn man Rungstedlund erblickte, den alten Hof am Sund, schloss man nicht unbedingt sofort auf eine solch angesehene Familie. Von außen hätte das Haus einen neuen Anstrich gut gebrauchen können.

«Natürlich.» Rosa begann saure Gurken in Stücke zu schneiden. «Die halbe Verwandtschaft ist von Adel oder lebt auf großen Gutshöfen. Katholm und Frijsenborg sind Namen, die immer fallen. Wenn sie dort zu Besuch waren im Sommer, hatte ich hier schön wenig Arbeit.»

Minna wollte sich gerade nach den illustren Verwandten erkundigen, da kam die alte Malla in die Küche heruntergehinkt und bat um einen Becher Tee. Sie hatte sich zurechtgemacht und trug über ihrem schwarzen Kleid mit der weißen Schürze eine goldene Kette. Ihr grauer Haarknoten war sorgfältig und höher aufgesteckt, als Minna es bislang an ihr gesehen hatte.

«Na, Malla, bist du schon aufgeregt?», erkundigte sich Rosa.

«Ich freue mich so auf die Kinder», entgegnete das alte Kindermädchen. An Minna gewandt fügte sie hinzu: «Weißt du, ich wurde damals für Thomas und Anders eingestellt, die ja viel jünger waren als die Mädchen und noch Betreuung brauchten. Und nun kommt mein Tommy mit seinen Kindern, es sind zwei Mädchen, Anne und Ingeborg. Es ist jedes Mal, als würde er mir Enkelkinder bringen.»

Die alte Frau tat Minna leid. So konnte es einem ergehen, wenn man keine eigenen Kinder hatte. Auch die Baronin schien sich gern mit Mitten zu befassen, vielleicht hätte auch sie gern Kinder gehabt. Doch es würde, da war Minna überzeugt, noch hundert Jahre dauern, bis es für eine Frau möglich war, Kinder zu haben und trotzdem ein freies Leben zu führen.

karen

Sie beschloss, einen späteren Zug zurück zu nehmen und nach dem Termin im Krankenhaus noch einmal auf der Langelinie spazieren zu gehen. Sie wollte sich von Kopenhagen verabschieden, wer wusste, wann sie die Stadt wiedersehen würde. Schon als Kind hatte Karen bei Spaziergängen auf der Langelinie den Blick auf den Hafen geliebt. Früher hatte die Szenerie beinahe ländlich gewirkt, nun war in wenigen Jahren ein Industriehafen entstanden, der Kopenhagen mit deutschen Häfen konkurrenzfähig halten sollte. Möwen durchschnitten schreiend die silbrige Luft über dem grauen Wasser. Am Gefion-Brunnen blieb sie stehen und betrachtete die mythischen Stiere, die angeblich den Sund zwischen Seeland und Schweden gepflügt hatten. Sie beugte sich vor und berührte mit der Hand eines ihrer Hörner. Vielleicht würde etwas von ihrer Kraft auf sie übergehen.

Der Bescheid der Ärzte im Rigshospitalet war beruhigend ausgefallen. In ihrem Rückenmark waren nach wie vor keine Anzeichen für die Krankheit mehr aufzufinden. Sie war aufgehalten worden, wie man es angestrebt hatte. Die Koliken und ihre ständige Abgeschlagenheit konnten also nicht darauf zurückgeführt werden. In den letzten zehn Jahren hatte Karen im Kampf um ihre gute Figur oft Mittel eingenommen, nun kamen die Durchfälle von alleine, ihre Nieren schmerzten ständig. Die Ärzte wussten ihre Symptome nicht zu deuten. Sie hatten etwas von «nervlicher Überreizung» gefaselt, und Karen war klar, dass sie sie für hysterisch hielten.

Sie gestand sich ungern ein, dass sie seit ihrer Reise nach England tatsächlich aus dem Gleichgewicht geraten war. Der Besuch bei Denys' Familie hatte allenfalls zu einer größeren Distanz zwischen Denys und ihr geführt. Karens miserable Laune in den letzten Wochen hatte damit zu tun gehabt, dass sie gespürt hatte, wie wenig sie dazugehörte, wie wenig sie jemals dazugehören würde. Im Grunde wollte sie ja gar nicht von einer neuen Familie einverleibt werden, sie hatte weiß Gott genug eigene Verwandte. Und doch war ihre Freiheit von Enge und Bevormundung durch eine gewisse Kälte erkauft, die ihr besonders dann zusetzte, wenn sie sich Denys nicht nah fühlte.

Sie schritt zügig aus, der eisige Wind vom Hafen schmerzte auf ihrer Haut. Eisschollen trieben auf dem Wasser, doch die Sonne brach immer wieder durch die Wolken.

Karen freute sich, dass das Dienstmädchen Minna ihr tatsächlich nach Afrika folgen wollte. Jedenfalls hoffte sie es, hundertprozentig überzeugt hatte sie ja nicht geklungen. Karen mochte sie, man konnte in ihren klugen Augen sehen, dass mehr in ihr steckte. In ihrer Gesellschaft würde sie sich zukünftig abends weniger allein fühlen, wenn es auf der Farm Nacht wurde und ihr nur das Briefeschreiben blieb. Sie konnten sich gegenseitig etwas beibringen. Karen war überzeugt, dass die Zukunft nach Frauen verlangte, die nicht mehr nur die Zierde eines Heims waren, sondern selbst gelebt hatten. Wie anders würde Minna nach ihren Erfahrungen in Afrika ihre Kinder aufziehen, als ihre eigene Mutter es getan hatte! Es war gut, davon war sie überzeugt, dass sie dem Mädchen den Anruf ihres Lehrers nicht ausgerichtet hatte. Sie wusste nicht, welcher Art die Macht war, die der Mann offenbar über sie ausübte, aber dass daran nichts Hoffnungsvolles war, konnte wirklich ein Blinder sehen.

Karen stattete noch der kleinen Meerjungfrau auf ihrem Stein einen Besuch ab und blickte eine Weile wie sie sinnend ins Wasser, bevor sie sich zum Zug bringen ließ.

Die Abenddämmerung war hereingebrochen, als Karen mit Petersen, der sie vom Bahnhof abgeholt hatte, zwei Stunden später in die Auffahrt von Rungstedlund einbog. Das alte Haus kauerte am Ufer des schwarz glänzenden Meeres, und aus allen Fenstern leuchtete warmes Licht. Karen wusste, dass ihr Bruder mit seiner Familie angekommen war. Karen würde die Gemütlichkeit eines Juleaften im kleineren Familienkreis noch einmal auskosten, bevor es am Heiligen Abend förmlicher zuginge.

Als sie den Salon betrat, thronte ihre Mutter selig auf dem Mahagonisofa und gab ihren drei Enkelinnen Anweisungen, die den großen Baum mitten im Raum mit kleinen dänischen Flaggen schmückten. Karen hielt wenig von dieser neuen Mode und hätte altmodische Papiersterne bevorzugt, aber die Kinder lachten und alberten ausgelassen. Anne und Ingeborg waren hübsch geworden, und schon so groß! Tommy bemerkte seine Schwester als Erster, stand auf und kam ihr entgegen.

«Tanne! Wir haben dich vermisst!»

Sie fiel ihm um den Hals. «Mein Tommy. Wie gut von euch, dass ihr kommt, um mich zu verabschieden.» Ihr kleiner Bruder überragte sie um mehr als einen Kopf. Tommy war der einzige Mensch auf der Welt, mit dem sie offen sprechen konnte. Die Jahre, die er nach dem Krieg bei ihr in Kenia verbracht hatte, wo er die Kaffeerösterei aufgebaut und sie bei der Leitung der Farm unterstützt hatte, hatten sie eng zusammengeschweißt.

Er wiegte sie zärtlich. «Zuerst wollen wir aber noch Weihnachten feiern.»

Karens Schwägerin Jonna hatte offenbar gerade dem Dienstmädchen Minna in weihnachtlicher Mitmenschlichkeit ein Glas Gløg in die Hand gedrückt. Minna stand etwas verlegen mit dem Putzeimer in der einen und dem Glas in der anderen Hand vor dem blitzsauberen Fenster, stieß mit Jonna an und sagte: «Auf Ihre Gesundheit, Madame Dinesen.»

«Und Ihnen und Ihren Lieben Glück und Gottes Segen.»

Da kam die Pastorentochter aber wieder deutlich zum Vorschein. Karen ließ Tommy los und ging hinüber, um Jonna auf die Wange zu küssen. Ihre Schwägerin sah gut aus, das musste sie zugeben, blond und strahlend und kerngesund.

«Kinder!», rief Karen. «Wollt ihr mit Tante Tanne um den Baum tanzen? Zur Probe?» Ihre drei Nichten kamen kichernd angelaufen, gaben ihr brav die Hand und ließen sich umarmen.

«Komm, Jonna.» Karen griff mit der einen Hand nach Jonnas, mit der anderen nach Annes Hand, stimmte laut *Hoch von der Spitze des Tannenbaums* an und zog die anderen zum Baum. Tommy schnappte noch nach Minnas Hand, die sich erst ein wenig sträubte. Doch als sie alle singend und ausgelassen um den halb geschmückten Baum schritten, lachte sie ebenfalls. Nur Mutter blieb sitzen und strahlte über das ganze Gesicht.

Nachdem Karen mitgeholfen hatte, den Baum zu Ende zu schmücken, um sich dann am rustikalen Buffet etwas zu stärken, fragte sie ihre Nichten, ob sie nicht mit ihr nach draußen kommen und Weihnachtsgarben für die Vögel aufstellen wollten. Es war ein Brauch, den in der Familie ihr Vater begründet hatte, und Karen hielt ihn in Ehren. Die Kinder jedoch waren inzwischen zu sehr in ein Brettspiel vertieft, um sie nach draußen begleiten zu wollen.

«Ich komme mit, Tanne!», sagte Tommy. Er erhob sich und hielt ihr die Tür auf. «Bis gleich!», rief er seiner Frau und seiner Mutter zu, und die Geschwister traten nach draußen in den Hof. Es war stockdunkel geworden, aus den Fenstern fiel warmes Licht auf den gefrorenen Kies.

«Petersen hat im Stall Garben bereitgestellt», sagte Karen.

«Ein Hoch auf unsere Weihnachtstraditionen!», entgegnete ihr Bruder lächelnd.

Karen hakte sich bei ihm unter und blickte in sein vertrautes, hageres Gesicht auf. «Es ist herrlich, dass du da bist. Wenn Elle und Anders morgen ankommen, wird es beinahe so sein wie früher.»

«Abgesehen davon, dass sich mit Elle nun eine Schlossbesitzerin die Ehre gibt», sagte ihr Bruder. «Sie hat es weiter gebracht als wir beide. Ich habe sie auf

Sandbjerg noch nicht besucht, aber es soll ganz prachtvoll sein.»

Sie überquerten den Hof. «Ich kann nicht glauben, dass wir das gute alte Katholm verlorengeben mussten, um uns jetzt von einem angeheirateten Anwalt ein neues Schloss in die Familie holen zu lassen», erwiderte Karen missmutig. Tommy hatte den Unterhalt für Vaters Elternhaus, einen mächtigen Herrensitz, nicht aufbringen können und das Erbe ausschlagen müssen.

«Sei kein Snob, Tanne.»

Karen seufzte. «Ach, gönn mir doch mein bisschen Neid. Es ist ja nicht nur Elles Schloss. Ihr habt beide dieses Jahr Bücher herausgebracht, und ich?»

Tommy lachte. «Du bist als Großgrundbesitzerin zu beschäftigt damit, Löwen zu jagen. Wenn du nur wolltest, würdest du wieder schreiben.»

Karen stieß die Stalltür auf. «Mir fehlt der Kopf dafür.»

«Du hast ja auch genügend Sorgen.» Tommy sah ihr in dem schummrigen Licht forschend ins Gesicht. «Wie geht es dir, Tanne?»

«Ach.» Sie zuckte mit den Schultern. «Es ist ein Auf und Ab. Kommst du mich bald wieder besuchen?»

Tommy sah sie kopfschüttelnd an. «Ich habe jetzt meine eigene Familie, Kinder. Ich kann nicht weg.»

Sie versuchte sich nicht anmerken zu lassen, wie verletzt sie war, obwohl er natürlich nichts Neues ausgesprochen hatte. Früher war sie der wichtigste Mensch für ihn gewesen, und sie hatte sich ihrerseits immer für ihn starkgemacht. Als er unbedingt in den Krieg ziehen wollte, hatte sie ihre Mutter davon überzeugt, dass man ihn gehen lassen müsse. Später, als er nicht wusste, welche Richtung er im Leben einschlagen sollte, hatte sie ihn beraten. Und sie hatte ihm zugeredet, seine Kriegserfahrungen in einem Buch festzuhalten. Nun fühlte es sich an, als ließe auch er sie allein.

Mit Tränen in den Augen blickte sie zu ihm auf. «Tommy, ich habe Angst.»

Er ergriff ihre Schultern. «Du musst dich zusammennehmen. Hast du mir nicht gepredigt, dass wir beide Vaters Heldenmut im Blut haben? Jetzt ist der Zeitpunkt dafür gekommen, Tanne. Du musst es durchstehen, du musst es gut zu Ende bringen.»

«Aber was soll ich tun?»

«Steck alles in die nächste Ernte.»

«Ich kann nicht mehr, Tommy. Ich will nicht mehr kämpfen. Vielleicht bleibe ich einfach in Europa.»

Er wandte sich entrüstet ab und griff nach einer Weizengarbe. «Und wovon willst du hier leben? Weißt du, wie teuer mittlerweile alles ist? Du bist einen Lebensstandard gewohnt, den du dir hier niemals leisten kannst.»

Er hat Angst, dachte sie. Er befürchtet, dass ich ihm auf der Tasche liegen werde mit meinen Ansprüchen. Und er befürchtet es zu Recht.

«Das stimmt», sagte sie leichthin, doch ihre Stimme klang leiser, erstickt. «Hör nicht auf mich. Natürlich gehe ich zurück. Nun lass uns den Vögeln ihre Weihnachtskörner bringen.»

minna

Es war spät geworden. Minna hatte in der Küche mit den anderen gut gegessen, war satt und wohlig erschöpft, und das Haus blitzte vor Sauberkeit. Am Nachmittag hatte sie von der Schwiegertochter der Herrin einen Becher köstlichen Gløg bekommen, und sie fühlte sich davon noch immer beschwingt. Wie ein Traum kam es ihr vor, dass sie mit der ausgelassenen Familie um den Weihnachtsbaum getanzt hatte. Es war, als wollte das Schicksal ihr vor Augen führen, dass alles gut werden könnte. Man musste Zuversicht haben.

Minna trat auf den nächtlichen Hof hinaus, ging außen an dem noch hell erleuchteten Wohnzimmer vorbei und betrat auf der vorderen Seite des Hauses wieder den Flur. Sie wusste, dass die Baronin sich bereits zurückgezogen hatte. «Sagen Sie mir heute Abend endgültig Bescheid», hatte sie am Morgen zu Minna gesagt.

Als sie bereits den Fuß auf die unterste Treppenstufe setzte, bemerkte sie in dem Zimmer zu ihrer Rechten ein schwaches Licht. Hinter der Tür befand sich eine weitere Stube, deren Verwendung Minna nicht kannte. Es schien sich selten jemand in dem Raum aufzuhalten, trotzdem hatte man wohl vergessen, dort das Licht zu löschen. Vorsichtshalber klopfte sie an und zuckte bei dem erklingenden «Ja?» erschrocken zusammen. Sie hatte nicht damit gerechnet, dass außer ihr noch jemand wach war.

Sie trat leise in das Zimmer. In einem der beiden Fenster, die auf den Sund hinausgingen, brannte eine einzelne Kerze. Die Baronin drehte sich kurz zur Tür um und wandte sich dann wieder zum Wasser.

«Minna. Wussten Sie, dass Johannes Ewald in diesem Zimmer gelebt hat?»

Als Minna nicht antwortete, fügte sie hinzu: «Johannes Ewald, der Dichter. Rungstedlund war vor zweihundert Jahren ein Dorfkrug, Ewald hat hier der Wirtstochter den Hof gemacht und ein paar seiner berühmtesten Gedichte geschrieben.» Ihre tiefe Stimme klang neckisch, als sie zitierte: «‹In der Dämmerung wandert klein Gunver hold / Am Meer, ohne Fehl. / Ihr Herz war Wachs und von echtem Gold ihre Kinderseel. / O hüt dich, Kind, vor dem falschen Mannsbild.›»

Minnas Mundwinkel bogen sich unwillentlich nach oben. «Ich verspreche mich zu hüten, Frau Baronin.»

«Das ist gut. Vor Ewald selbst hätten Sie sich auch hüten müssen, das versichere ich Ihnen.» Die Baronin blickte bewegungslos hinaus auf das schimmernde Wasser, ein schwarzer Schattenriss vor dem dunklen Himmel. «Er ist unser ungezähmter Hausgeist. Wahrscheinlich schreiben in meiner Familie seinetwegen alle Bücher.»

«Ihr Vater war Schriftsteller, nicht?»

«Ja, aber Tante Bess, die Sie hergeholt hat, mein Bruder und meine Schwester Ellen haben ebenfalls Bücher veröffentlicht. Ich habe früher geschrieben, als junges Mädchen.»

«Heute nicht mehr?»

Nun wandte sich die Baronin endlich um. «In Afrika, wenn die Nacht fällt, erzähle ich meinen Gästen Geschichten. Es sind lange, verwunschene Erzählungen, meine Freunde mögen sie sehr. Vielleicht sollte ich sie aufschreiben.»

«Werden Sie mir dort auch eine Geschichte erzählen?»

Das Gesicht der Baronin lag im Dunkeln, aber etwas geschah damit, Minna konnte ihr Lächeln förmlich spüren. «Dann kommen Sie also tatsächlich mit.»

«Ja.» Ihre eigene Stimme fiel glockenhell in die Stille des dunklen Zimmers. Ein Schauer überlief Minna.

«Sie wählen das Abenteuer.»

«Ich wähle den Weg aus der Ausweglosigkeit.»

Die Baronin nickte bedächtig. «Ich werde mit meinem Bruder sprechen. Er wird die Überfahrt für Sie regeln und Ihnen beim Beschaffen der Papiere helfen. Wir setzen uns morgen mit ihm zusammen. Sie sollten noch im Frühjahr aufbrechen.»

«Wird Ihre Tante nicht ungehalten sein? Sie hat mir diese Stelle verschafft, und nun gebe ich sie gleich schon wieder auf ...»

Die Baronin schüttelte den Kopf. «Tante Bess hat lernen müssen, dass junge Vögel ausfliegen. Man wird schon einen Ersatz für Sie finden.» Sie trat ein paar Schritte in den Raum und streckte die Hand aus. «Ich freue mich, dass Sie auf meiner Farm Lehrerin werden, Minna.»

Minna ging auf sie zu, ergriff ihre Hand und schüttelte sie. Der Händedruck der Baronin war fest. Es kam Minna so vor, als hätten sie einen Pakt geschlossen, der über das, was sie besprochen hatten, weit hinausging.

5

Dienstag, der 24. Dezember 1929

minna

Nachdem sie am Vortag sämtliche Böden und Fenster geputzt hatte, war sie seit den frühen Morgenstunden damit beschäftigt, das Silberbesteck und die Kristallgläser zu polieren. Heute würden auch Madame Dinesens zweite Tochter Ellen mit ihrem Mann sowie der jüngste Sohn Anders eintreffen, um den Heiligen Abend hier zu verbringen. Wie schön für die Baronin, alle ihre lebenden Geschwister noch einmal zu sehen, bevor sie am nächsten Tag abreiste.

Minna rieb über ein graviertes Messer. *Haben Fräulein Jensens Eltern auch so vornehmes Tischzeug, Carl? Wenn man mit Silberbesteck speist, das man nicht selber polieren musste, hält einen ja auch nichts davon ab, den Sozialismus zu predigen.* Sie wurde versöhnlicher. *Aber so schlimm habe ich es auch nicht getroffen. Für uns gibt es heute Abend nach dem Kirchgang ein Festessen in der Küche. Ich habe gesehen, wie Rosa in eine zweite Schüssel Milchreis eine Mandel getan hat. Wenn ich sie bekomme, wünsche ich mir, dass Elsa weiter zur Schule gehen kann, irgendwie.* Sie hielt inne. *Vor einer Woche hätte ich mir wohl noch gewünscht, dass du mir endlich sagst, was du für mich empfindest. Aber das hast du ja bereits getan, auf gewisse Weise.*

Minna streckte die Arme über den Kopf aus. Sie hatte leichte Kopfschmerzen und beschloss, ein paar Schritte in den Hof zu gehen und frische Luft zu schnappen.

Sie nahm ihre dicke Wolljacke von der Stuhllehne, stieg die Stufen hinauf und trat in den Kieshof. Der Himmel war pünktlich zu Weihnachten von einem wolkenlosen Porzellanblau. Minna steckte die Hände in die Taschen, schloss die Augen, ließ sich die Sonne ins Gesicht scheinen und dachte an Elsa und ihre Mutter. Sicherlich machten die beiden bei dem schönen Wetter einen Spaziergang, vielleicht standen sie mit Nachbarn vor dem Haus und plauderten. Elsa würde am Nachmittag vor der Kirche etwas lesen, die Mutter sich einer Handarbeit widmen. Später würden sie mit Michels Familie zusammen feiern. Minna würgte an einem riesigen Kloß im Hals. Vor wenigen Tagen noch war sie davon ausgegangen, dass sie nur dieses eine Weihnachten nicht zu Hause verbringen würde. Nun wusste sie nicht mehr, wann sie wieder ein selbstverständlicher Teil im Leben ihrer Familie sein würde. Möglicherweise nahmen Mutter und Elsa ihr ihren Entschluss übel, wenn sie davon erfuhren.

Eilige Schritte, die über den Kies heranstapften, ließen sie die Lider wieder aufklappen. Sie traute ihren Augen kaum, als sie sah, wer da auf sie zustürmte. Sein Haar leuchtete golden in der Sonne, der graue Schal wehte im Wind. Ihr Herz begann zu rasen, doch als er vor ihr zum Stehen kam, sagte sie so ruhig und kühl wie möglich:

«Carl.»

«Minna!» Er wirkte im Gegensatz zu ihr alles andere als ruhig, vielmehr schien er aufgewühlt zu sein, beinahe wütend sah er aus. Er atmete schwer und funkelte sie an.

Ein entsetzlicher Gedanke durchfuhr sie. «Ist etwas mit Elsa oder Mutter?»

«Nein! Ich dachte, es sei etwas mit dir!»

«Mit mir?», fragte Minna verwundert. «Aber was soll denn sein?»

«Warum hast du mich nicht zurückgerufen?» Es klang wie ein Vorwurf. Sie hatte Carl noch nie so zornig erlebt.

«Ich habe dich nicht ... Aber hast du denn angerufen?»

Carl packte sie am Ellenbogen. «Komm mit. Wir gehen zum Strand.»

Entrüstet machte Minna sich los. Was fiel ihm ein, hier aufzutauchen und sie herumzukommandieren? «Ich habe keine Zeit.»

«Und deswegen stehst du hier herum und nimmst ein Sonnenbad?» Ein Grinsen stahl sich beinahe widerwillig auf sein Gesicht, und es war, als gehe zwischen Wolken plötzlich die Sonne auf. «Ich bin so froh, dass es dir gutgeht.» Er griff nach ihren Händen. «Bitte, Minna. Ich muss mit dir reden. Es dauert nicht lange.»

Minna zuckte mit den Schultern und entzog ihm mit klopfendem Herzen ihre Hände. Sie trat in den Flur und nahm sich das schwere Wolltuch vom Garderobenbrett, das sie dort bereitgelegt hatte, weil sie gelegentlich hinüber in den Stall musste. Während sie es sich um die Schultern schlang, fragte sie: «Wie kommst du überhaupt hierher?»

Er führte sie in Richtung Strand, ging neben ihr her und passte seine Schritte den ihren an. «Ich bin auf dem Weg zu meinen Eltern nach Helsingør einfach aus dem Zug gestiegen. Ganz kurzentschlossen, ich hatte es nicht geplant. Aber es hat mich gequält, nicht zu wissen, was hier vor sich geht.»

«Carl, was meinst du denn?»

Er sah sie zweifelnd von der Seite an. «Ich habe gestern angerufen und mit einer Frau telefoniert. Ich wollte dich sprechen, sie sagte, das sei nicht möglich. Da habe ich ihr gesagt, dass ich eine wichtige Nachricht für dich hätte, und sie hat einfach aufgelegt.»

Minna blickte ihn sprachlos an. «Wie … wie hat sie denn geklungen?», fragte sie schließlich zögernd.

«Sie hatte eine tiefe, rauchige Stimme.»

Minna überlief ein Schauer. Welchen Grund konnte die Baronin haben, ihr den Anruf nicht auszurichten? Sie hatten doch gestern Abend noch miteinander gesprochen! Hatte sie etwa als Warnung vor Carl dieses Gedicht zitiert, «hüte dich vor dem falschen Mannsbild»? Aber sie kannte Carl doch überhaupt nicht!

Andererseits war das auch nicht nötig, überlegte sie. Schließlich hatte die Baronin ihr auseinandergesetzt, dass man als Frau nicht auf einen Mann warten dürfe, um erst durch ihn das eigene Leben zu beginnen. Und damit hatte sie recht! Minna wollte ihr Leben in die eigenen Hände nehmen, sie wollte mutig und unbeugsam die eigenen Ziele verfolgen.

Sie waren am Strand angekommen und wandten sich nach Norden. Es war windstill, und die Sonne wärmte Minnas Rücken, aber sie fröstelte dennoch. Schweigend gingen sie nebeneinanderher. Was mochte Carl mit dem Anruf gewollt haben? Ihr endlich von seiner Verlobung mit Fräulein Jensen erzählen?

Carl sah sie immer wieder von der Seite an, aber Minna hob den Blick nicht von dem Kies, der den Meeresrand säumte. Die Wellen plätscherten leise. Es herrschte ein Frieden, den sie nicht stören, den sie nur noch einen

Augenblick länger auskosten wollte. Da blieb Carl stehen, griff nach ihren Schultern und drehte sie zu sich herum. Er sah ihr forschend, beinahe ängstlich in die Augen. «Minna, was hast du? Wieso fragst du nicht, warum ich angerufen habe? Warum ich hier bin?»

Minna wich seinem Blick aus. Sie konnte nicht sprechen. Wie sollte er auch wissen, dass es gleichgültig war? Dass sie nur noch für kurze Zeit nach Kopenhagen zurückkehren würde, um dann jahrelang fortzugehen?

Sanft sprach er auf sie ein. «Ich habe eine Stelle für dich gefunden. Du kannst in der Schule übergangsweise bis zum Sommer als Hilfslehrerin Hauswirtschaft unterrichten. Fräulein Jensen hat sich verlobt, und ihr zukünftiger Mann möchte nicht, dass sie noch arbeitet.» Als Minna nicht reagierte, sprach er weiter. «Du wirst dir den Stoff schnell aneignen. Das schaffst du mit links, Minna!»

Die Tränen stiegen unaufhaltsam in ihr auf, und eine konnte sie nicht zurückhalten. Sie rollte ihr aus dem Augenwinkel und über die Schläfe. Carl hatte an sie gedacht, er hatte sich bei der Schulleitung für sie eingesetzt, doch es bedeutete nichts mehr.

«Wann heiratest du Fräulein Jensen denn?», fragte sie erstickt.

Er starrte sie ungläubig an, dann begann er zu lachen. «Du denkst, ich heirate Fräulein Jensen? Minna, ich glaube, du bist verrückt geworden.» Er wurde wieder ernst. «Ida ist meine Cousine. Wir sind praktisch zusammen aufgewachsen. Ich fand es immer etwas peinlich, dass ich die Stelle an der Schule nur bekommen habe, weil sie sich im Kollegium für mich eingesetzt hat. Niemand wollte einen Aufrührer wie mich haben.»

Das Blut rauschte in Minnas Ohren. Hatte sie richtig gehört? Sie musste etwas sagen, doch ihr fehlten die Worte. Er sah sie noch an, mit einem offenen, verletzlichen Gesicht, das sie noch nie an ihm gesehen hatte. Er sah so jung aus. Ehe sie darüber nachdenken konnte, stellte sich Minna auf die Zehenspitzen und küsste ihn auf die Lippen.

Er wirkte einen Augenblick überrumpelt, dann zog er sie an sich und küsste sie heftig zurück. Sie standen umschlungen am Sund, die eisige Brise strich über sie hinweg und konnte ihnen nichts anhaben, das Wasser brandete leise an den schneebestäubten Strand, und die Zeit verlor ihre Kontur. Minna hätte nicht sagen können, wie lange sie beieinanderstanden und sich küssten, ehe er sich von ihr löste.

Seine Hände lagen noch auf ihren Oberarmen, und er sah ihr ins Gesicht, als er sagte: «Ida heirate ich nicht, aber dich würde ich sofort heiraten.» Er sprach leise. «Wenn du das auch willst.»

Etwas Kaltes griff nach Minnas Brust. Sie schüttelte den Kopf. «Nein. Ich kann nicht.»

Er blinzelte. Er schüttelte den Kopf. «Gibt es jemand anderen? Ich weiß so wenig über deine Freunde.»

«Oh, Carl, Unsinn!» Minna machte sich los und atmete tief durch. «Ich möchte nur nicht heiraten und damit alles aufgeben, was ich erreichen könnte.» Sie gewahrte seinen verstörten Blick und griff nach seinen Händen. «Ich werde nach Afrika gehen, Carl. Baronin Blixen nimmt mich mit nach Kenia. Auf ihrer Farm gibt es eine Schule, die ich leiten darf. Ich kann Lehrerin sein und die Welt sehen!»

Er schüttelte entgeistert den Kopf. «Ach, deswegen bist du so verändert! Du bist ja nicht bei Trost, Minna! Eine Achtzehnjährige mit Hut und Koffer alleine auf dem Weg nach Afrika? Minna, wie kannst du nur so naiv sein! Weiß deine Mutter davon?»

«Noch nicht.» Minna blickte trotzig zu Boden. «Es ist eine einmalige Gelegenheit.»

«Es gibt Gelegenheiten, und es gibt Situationen, durch die man sich unverantwortlich in Gefahr bringt. Du könntest dein Leben damit ruinieren, mindestens deine Gesundheit. Was weißt du überhaupt über Afrika?»

Er klang verletzt und bevormundend, aber ganz von der Hand weisen konnte sie seine Einwände nicht. «Ich weiß, dass die Baronin eine großherzige, weise Frau ist. Sie wird sich um mich kümmern.»

Carls Augen verengten sich. «Ist die Baronin die Dame, mit der ich telefoniert habe? Sicher hatte sie nur dein Wohl im Blick, als sie dir das verschwiegen hat.» Sorge trat in seine Stimme. «Minna, du weißt doch gar nicht, was sie mit dir vorhat. Kommt es dir nicht verdächtig vor, dass sie dir meinen Anruf nicht ausgerichtet hat?»

Doch, es kam ihr seltsam vor. Minna wollte dennoch nicht klein beigeben. «Das wird sich aufklären», sagte sie trotzig.

«Du willst also nicht Hilfslehrerin werden?» Er klang entrüstet.

«Carl, ich möchte Lehrerin werden, nicht Hauswirtschaft unterrichten. Ich möchte studieren und lernen, und wenn es nötig ist, in Afrika!»

Er holte tief Luft, wandte sich ab und ging ein paar

Schritte weiter. Dort blieb er stehen, legte den Kopf in den Nacken und blickte in den Himmel, als erwarte er sich von dort Rat. Dann ging er einfach weiter. Minna blickte auf seine hängenden Schultern, er sah so geschlagen aus. Sie lief ihm hinterher.

«Du verstehst mich doch, Carl. Du hast mir selbst gesagt, dass du die Frauenbewegung unterstützt als Teil der Emanzipation des Proletariats!»

«Politisch gesehen», erklang vor ihr seine resignierte Stimme. «Ja. Darum geht es doch gar nicht.» Er drehte sich um. «Aber was ist mit uns?» Seine blauen Augen bohrten sich in sie.

Ihr Herz schmerzte wie aufgespießt, aber Minna achtete nicht darauf. «Deine Familie würde doch ohnehin niemals akzeptieren, dass du eine Arbeitertochter heiratest.»

«Das wäre mir egal.»

«Aber mir nicht.»

Finster blickten sie einander in die Augen, keiner von beiden wollte zuerst wegsehen. Schließlich zog Carl seufzend einen zusammengefalteten Zettel aus der Jackentasche und hielt ihn Minna entgegen.

«Hier ist die Telefonnummer meiner Eltern in Helsingør. Ruf mich an, wenn du zur Besinnung gekommen bist. Rede mit deiner Baronin und vor allem mit deiner Mutter. Was Afrika angeht, ist das letzte Wort noch nicht gesprochen.»

Sobald sie nach dem Zettel gegriffen hatte, drehte er sich brüsk um und stapfte davon.

«Und wer spricht das letzte Wort?», schrie sie ihm erbost in den auffrischenden Wind hinterher. «Du etwa?»

karen

Der Weihnachtsmorgen leuchtete hellblau und eiskalt in ihre düstere Mansarde. Staubkörnchen tanzten in dem grellen Licht, das in ihren Augen schmerzte. Schnell schloss Karen sie wieder.

Mit der Hand tastete sie nach dem Ring. Weihnachten vor zwei Jahren hatte Denys ihn ihr geschenkt. Sie hatte nicht gewusst, ob er rechtzeitig zu den Feiertagen aus Eritrea zurück sein oder ob sie Weihnachten alleine verbringen würde. Da hatte er plötzlich auf ihrer Veranda gestanden, ein größeres Geschenk als alle anderen, die er ihr hätte machen können. Der Ring aus abessinischem Gold, den er ihr mitgebracht hatte, bedeutete ihr viel. Sie trug ihn täglich und nahm ihn niemals ab.

Den darauffolgenden Neujahrsmorgen würde sie nie vergessen, an dem Denys und sie versucht hatten, eine Abkürzung durch den Busch zu nehmen, um nach Narok zu gelangen. Die kalte Luft war wie frisches, tiefes Wasser gewesen, die Gräser glänzten nass. Der Wagen holperte an Olivenbäumen und Kaffeesträuchern vorüber und folgte dann einer sandigen Piste in den Busch. Schweigend und einträchtig saßen sie nebeneinander und genossen den stillen Morgen. Sie sahen ihn beide gleichzeitig, es ging wie ein Schlag durch sie hindurch, und Denys trat auf die Bremse. Im hohen Gras am Rand der

Piste weidete sich ein stattlicher Löwe am Kadaver einer Giraffe. Im Gegenlicht der aufsteigenden Sonne blickte er hoch, und sie sahen einander an, drei Kreaturen ohne Furcht, die einander erkannten. Der goldene Löwe vor dem goldenen Morgenhimmel war ein Sinnbild. Wenn ich mit Denys in Afrika bin, verstehe ich das Wesen der Dinge, dachte sie. Ist er fort, entgleitet mir alles.

Im Frühjahr danach, 1928, hatte Bror Cockie geheiratet. Vier Jahre waren seit Karens Scheidung von ihm vergangen. Sie wusste, dass es sein gutes Recht war, eine neue Familie zu gründen. Und doch fasste sie diese Heirat als einen persönlichen Affront auf, als Abwertung ihrer Person, ihres Prestiges, ihres Titels. Sie wollte nicht wieder herabsinken in die engen bürgerlichen Sphären von Rungstedlund. Schon als junges Mädchen hatte sie sich in den Herrenhäusern ihrer adeligen Verwandtschaft am richtigen Platz gefühlt, und es erzürnte sie aufs äußerste, dass ihre Zugehörigkeit zu dieser Klasse durch Brors Entscheidung nun in Frage gestellt wurde. Sie beschloss, Brors neue Ehe zu ignorieren und als Baronin weiterzuleben, aber natürlich war sie sich ihrer prekären Situation bewusst.

Anders als ganz offensichtlich Denys, der das Weihnachten darauf gutgelaunt erneut auf der Veranda auftauchte. Er war frisch von der Safari mit dem Prinzen von Wales zu ihr zurückgekehrt, auf die er als weiteren Großwildjäger ausgerechnet Bror mitgenommen hatte. Bror und seine blonde Cockie, die beim Prinzen angeblich ein phänomenaler Erfolg gewesen war, auch wenn sie stets nur *neben* die Fasane geschossen und zum Frühstück wirklich grauenvolles Rührei produziert hatte.

Diese gelassene Sorglosigkeit, die Cockie alle Herzen zufliegen ließ, empfand Karen als einen weiteren Angriff. Wie planvoll und anspruchsvoll sie selbst sich verhalten hätte! Das Essen wäre ein Gedicht gewesen, und jagen konnte sie auch. Dass ihr diesen Anspruch niemand zu danken schien, nicht einmal Denys, hatte Karen am Heiligen Abend vor einem Jahr ganz außer sich geraten lassen. Denys' arglose Berichte über Brors Großtaten und Cockies amüsante Fauxpas hatten Weihnachten zu einer heftigen Szene zwischen ihnen geführt. Sie hatte Denys dazu veranlasst, wütend abzureisen. Bis zu ihrem Treffen in Hampshire im Herbst hatten sie einander nicht wiedergesehen.

Stöhnend drehte sich Karen im Bett um. Sie hatte die Liebe zu Denys in den Mittelpunkt gestellt, aber sie reichte nicht aus. Finanziell wie emotional war sie immer noch abhängig von ihrer Familie, wofür sie ihnen insgeheim zürnte. Sie behandeln mich noch immer wie ein unreifes Kind, dachte Karen. Sie sind nachsichtig mit mir, sie scheinen stets zu befürchten, dass es böse mit mir enden könnte.

Unten hörte sie eine Tür schlagen.

Trotz der erforderlichen Rücksicht auf Mutter und Tante Bess waren die Monate in Rungstedlund eine Auszeit gewesen von ihrer schwierigen Lage in Kenia. Morgen würde sie abreisen und wieder konfrontiert sein mit dem drohenden Bankrott, den ständigen Forderungen ihrer nichtsahnenden Leute, den mahnenden Briefen der Gläubiger, mit Denys' unbeständiger Freundschaft und der Einsamkeit. Sie konnte es nicht mehr. Doch Tommy hatte ihr ein weiteres Mal unmissverständlich klargemacht, dass man sie auch hier nicht haben wollte als alte Jungfer, die allen auf der Tasche lag.

Der leichte Kopfschmerz steigerte sich zu einem Schwindel. Karen wurde übel, ihr Magen hob sich. Sie schwang die Beine vom Bett, um schnell noch die Waschschüssel auf der Frisierkommode zu erreichen. Ihr Herz begann einen Trommelwirbel. Nein, dachte sie, nein. Atme. Aber es war bereits zu spät.

minna

Je länger sie rannte, am Ufer des Wassers entlang auf das Herrenhaus zu, desto aufgebrachter wurde sie. Am liebsten hätte sie ihre Wut laut in die dahinjagenden Wolkenfetzen geschrien. Der eisige Wind peitschte ihr ins Gesicht und schmerzte, doch sie bebte nicht vor Kälte, sondern vor Zorn.

Wie kam Carl dazu, ihr Afrika zu verbieten? Wie kam er dazu, ihr ausgerechnet jetzt einen Heiratsantrag zu machen? Er wollte sie beherrschen, nichts anderes. Sonst hätte er ihr seine Liebe schon vor Monaten gestanden.

Und die Baronin, wie konnte sie es wagen? Wie konnte sie es wagen zu entscheiden, mit wem Minna sprach und mit wem nicht? Hatte sie ihr nicht gerade eingeschärft, dass sie selbst Verantwortung für ihr Leben übernehmen müsse? Hatte sie nicht selbst dagegen rebelliert, von ihrer Tante und ihrer Mutter «beschützt» zu werden? Was fiel ihr ein?

Keuchend nahm Minna die drei Stufen zur Tür, stieß sie auf und rannte gleich weiter die enge, gewundene Treppe zu den Schlafkammern hinauf. Ohne einmal innezuhalten öffnete sie die Tür der Baronin und stürmte ins Zimmer. «Wie konnten Sie mir verschweigen ...» Sie verstummte und blieb wie angewurzelt stehen. «Was ist mit Ihnen?»

Das Bild, das sich ihr bot, erinnerte an das ihrer ersten Nacht in Rungstedlund. Die Baronin lag voll bekleidet auf dem Boden, doch sie gab keinen Laut von sich. Schnell trat Minna ins Zimmer und schloss die Tür.

Die Baronin stützte sich seitlich auf, der Anfall schien bereits vorüber zu sein. Langsam kam sie auf Hände und Knie und atmete tief durch. «Würden Sie mir ein Glas Wasser geben?»

Minna durchquerte das Zimmer und goss aus der Kanne auf dem Frisiertisch Wasser in ein Glas. Die Baronin war mittlerweile zum Bett gekrochen und lehnte sich auf dem Fußboden sitzend mit dem Rücken dagegen. Minna ging vor ihr in die Knie und hielt ihr das Glas an die blutleeren Lippen.

«Danke», sagte die Baronin, nahm es ihr aus der Hand und trank selbst. Minna konnte sehen, wie das Glas zitterte und das Wasser beinahe überschwappte, aber die Baronin sah nicht aus, als wollte sie sich weiter helfen lassen. Schließlich reichte sie Minna das leere Gefäß.

Sie nahm es entgegen, erhob sich damit und fragte erneut: «Was ist mit Ihnen?»

Die Baronin blickte zu ihr auf. «Ich habe Syphilis.»

Minna erschrak und wäre am liebsten einen Schritt zurückgewichen. Über den Tripper kursierten die schlimmsten Geschichten in Nørrebro. Wie konnte es sein, dass die Baronin an der Krankheit der Huren und Freier litt? Man ging daran elend zugrunde, Minna hatte mit eigenen Augen gesehen, wie Menschen den Verstand verloren. «Aber wie ...», setzte sie an und verstummte hilflos.

«Sie müssen Schweigen bewahren, meine Mutter

weiß nichts davon. Versprechen Sie, dass es unser Geheimnis bleibt.»

Minna nickte stumm. «Wie lange sind Sie schon krank?»

«Mein Mann hat mich kurz nach unserer Hochzeit angesteckt. Noch in Afrika haben mir die Ärzte Arsen und Quecksilbertabletten verschrieben, aber ich musste nach Europa zurückkehren und mich im Krankenhaus behandeln lassen. Fünfzehn Jahre ist das her.»

«Aber man konnte Sie nicht heilen?»

Die Baronin zuckte mit den Schultern. «Man hat die Krankheit zum Stillstand gebracht. Aber die Beschwerden sind seitdem geblieben. Manchmal habe ich wochenlang Ruhe, in letzter Zeit kommen die Anfälle wieder häufiger. Es sind schreckliche Magenkrämpfe, begleitet von Übelkeit. Eine Zeitlang dachte ich, ich hätte mir die Ruhr eingefangen. Aber nun bin ich seit sechs Monaten in Rungstedlund, das macht diese These unwahrscheinlich, meinen Sie nicht auch?»

Minna nickte. Sie war betroffen. Wie lange die Baronin schon solche Qualen durchstehen musste! Doch sie ließ sich nichts davon anmerken. Sie wirkte stets lebhaft und stark, dabei stand ihr niemand bei. Ob sie in Afrika Freunde hatte, die sich um sie kümmerten?

Die Baronin ließ den Kopf nach hinten auf das Laken sinken. «Es war ein Risiko, meinen Mann zu heiraten. Er war ein Dandy und Großwildjäger, das hat Eindruck auf mich gemacht. Vielleicht hätte ich mit so etwas rechnen müssen. Aber ich war naiv, und ich wollte diese Ehe, den Titel. Die Krankheit ist der Preis, den ich für meine Freiheit bezahlen muss.» Sie hob den Kopf wieder. Ein schwaches Lächeln zuckte um ihre Lippen. «Sehen Sie mich nicht so entsetzt an. Frei lebt, wer sterben kann.»

Minna blickte zu Boden. So frei möchte ich gar nicht sein, dachte sie. «Es tut mir leid», flüsterte sie. Dann blickte sie wieder auf. Sie hielt noch immer mit beiden Händen das Wasserglas umschlossen. «Wieso haben Sie mir nicht gesagt, dass Carl angerufen hat? Er ist gekommen. Er war eben hier.»

Die Baronin neigte graziös den Kopf. «Der Lehrer? Alle Achtung. Ein Kämpfer.» Dann sah sie Minna mit ihren müden Augen ins Gesicht. «Liegt Ihnen denn viel an ihm?»

Minna nickte stumm. Der Kloß in ihrem Hals war zu groß, als dass sie hätte sprechen können.

«Dann tut es mir leid.» Die rauchige Stimme der Baronin klang beinahe mütterlich, wie ein sanftes Schnurren. «Ich habe angenommen, dass Ihr Lehrer mit Ihnen sein Spiel treibt. Dass er Sie auf unselige Weise in seinen Fängen hält. Ich wollte Ihnen helfen, sich daraus zu befreien, bevor Ihr Herz Schaden nimmt. Es klang nicht so, als würde er es ernst meinen mit Ihnen.»

«Er hat mir einen Heiratsantrag gemacht.» Minnas Stimme war beinahe ein Flüstern.

«Oh.» Die Energie schien nun endlich in die Baronin zurückzukehren. Sie rappelte sich auf und setzte sich auf das Bett. «Und Sie haben angenommen?»

Elend schüttelte Minna den Kopf. Am liebsten hätte sie geweint.

«Aber Kind.» Die Baronin klopfte neben sich auf die Matratze, und Minna ließ sich neben ihr nieder. «Warum denn nicht?»

«Ich dachte ...» Nun konnte Minna das Schluchzen nicht mehr zurückhalten. «Aber ich möchte doch mein eigenes Leben leben! Ich wollte doch nach Afrika ...»

Ein Arm legte sich um ihre Schultern. «Minna, Afrika ist nicht der einzige Ort, an dem man selbstbestimmt leben kann.»

Tränenblind blickte Minna auf. Die großen, dunklen Augen der Baronin sahen sie ernst an.

«Ziele und Träume sind das eine. Aber die Liebe ändert alles. Sie ist noch immer das Größte. Das zu erkennen ist nichts, wofür man sich schämen müsste, im Gegenteil.»

Minna zitterte. «Meinen Sie», fragte sie, «man kann heiraten und sich trotzdem treu bleiben?»

«Oh, ich kenne unzählige Frauen, die genau das tun. Allerdings lieben sie ihre Männer zumeist nicht über die Maßen. Und ein wenig Geld hilft dabei durchaus.» Die Baronin lachte, wurde dann aber wieder ernst. «Die äußeren Umstände sagen oft nicht viel über die inneren aus. Sehen Sie, von außen betrachtet bin ich geschieden, krank und allein. Man könnte mich bemitleiden. Und doch habe ich eine vollkommene Liebe erfahren, die alles wert war. Sie war vollkommen für mich, gerade, weil sie nicht beständig und verlässlich war.» Sie hustete. «Sicher kann man auch Lehrerin werden und seinen Idealen treu bleiben, wenn man heiratet und beständig geliebt wird.»

Minna nickte. Die Baronin hatte recht. Natürlich musste das möglich sein. «Ich muss meinen Stolz nicht aufgeben und in Dankbarkeit versinken», sagte sie, halb zu sich selbst. «Nur weil er mich heiratet.»

«Mitnichten.» Die Baronin drückte ihre Schulter. «Ihr

Glück liegt trotzdem in Ihrer Hand, meine Liebe. Überlegen Sie, was Sie wirklich wollen. Man muss begreifen, wie man von Gott beabsichtigt worden ist. Stolz ist der Glaube an die Idee, die er hatte, als er uns schuf.»

6

Mittwoch, der 25. Dezember 1929

karen

Sie erwachte vor dem Morgengrauen. Das Reisefieber hatte sie gepackt, und es hielt sie nicht mehr im Bett. Sie öffnete die Vorhänge und zog sich im Licht einer Kerze schlotternd vor Kälte an, um dann doch wieder unter das Federbett zu flüchten. Dort setzte sie sich auf und blickte hinaus auf den nächtlichen Sund, den weiten Sternenhimmel darüber. Der glatte schwarze Spiegel des Wassers wurde von keinem Schiff und keinem Fischerboot unterbrochen, drüben im schwedischen Helsingborg glommen nur wenige Lichter. Still nahm sie Abschied und spürte, dass ihr der Abschied leicht wurde.

Mit der Aufregung begann Euphorie durch ihre Adern zu pumpen. In wenigen Stunden würde sie wie letztes Mal den Zug nach Antwerpen besteigen, wo ihr Schiff auf sie wartete. Das Aufbrechen in ein Abenteuer war vielleicht ihr eigentliches Element. Auch das hatte sie von ihrem Vater geerbt, der so oft in das Unbekannte hinein ausgezogen war, nach Düppel, nach Frankreich, zu den Indianern Nordamerikas. Das heimelige Rungstedlund hatte ihm genauso wenig gelegen wie ihr.

Es hatte wohlgetan, gestern vor dem Gottesdienst in Hørsholm sein Grab auf dem Friedhof zu besuchen. Sie hatte sich auf die Bank unter die alte Buche gesetzt, die neben dem Grabstein aufragte, und darum gebeten, einen Moment mit ihm allein sein zu dürfen. Ihre Familie war vorangegangen zur Kirche, und sie war in ein Zwiegespräch mit ihrem Vater eingetaucht. Sie hatte sich in Erinnerung gerufen, mit welcher Haltung er die blutigsten Kämpfe bestanden hatte, und sofort hatte sie gespürt, wie sich etwas in ihr aufrichtete. In ihren Adern floss sein Kämpferblut.

Von ihm musste sie lernen loszulassen. Genauso tapfer, wie er sich in seine Abenteuer gestürzt hatte, war es ihm möglich gewesen zu gehen. Er hatte nicht darauf gewartet, dass die Syphilis ihn zugrunde richtete. Er hatte selbst entschieden zu sterben. Karen wusste, sie konnte nur glücklich sein, wenn sie keinen Anspruch auf Dauer und Verlässlichkeit des Glücks erhob.

Niemand nimmt mir die sonnendurchglühten Tage in Denys' Haus am Strand von Mombasa, dachte sie. Den schneeweißen Sand, das grünblaue, leuchtende Wasser, das schlichte, weiß verputzte Haus zwischen den Palmen. Niemand nimmt mir die Flüge über das Hochland, den Blick von ganz oben, frei wie ein Vogel. Niemand nimmt mir die Ngong-Berge, die wilden Tiere, deren Schicksalsergebenheit uns Vorbild sein sollte. All das wird immer mir gehören, egal, was das Leben bringt.

Karens Gedanken wanderten zu Minna, die noch so wenig zu verlieren, so viel zu gewinnen hatte. Ihre unverbrauchte Hoffnung, ihr ernsthaftes Streben nach Glück berührten sie. Karen musste sich das Staunen wieder zurückholen, mit dem das Mädchen die Welt sah. Sie hatte Minna gepredigt, an sich selbst zu glauben und für ihr Glück etwas zu wagen – wie konnte es da sein, dass sie selbst verzagte? Ihr war noch immer etwas eingefallen, sie hatte noch immer einen Grund gefunden zu lachen.

Sie hatte sich von der Bank erhoben und eine Hand zum Abschied auf den kalten Grabstein gelegt. Das Leben gibt nicht jedem die Gelegenheit, zum Helden zu werden wie du, Vater, hatte sie stumm zu ihm gesagt. Doch wenn sie kommt, werde ich sie nutzen. Dann war sie den anderen zum Gottesdienst gefolgt.

Als nun die Morgenröte über den Horizont kroch, warf Karen die Decke von sich. Sie würde ein frühes Frühstück einnehmen und noch einmal zum Sund hinuntergehen. Wenn sie erst im Zug säße, würde sie wieder die andere Karen sein, die Großgrundbesitzerin auf ihrem Weg zurück nach Kenia.

minna

Es herrschte seit dem Morgengrauen Betrieb im Haus, ein reges Treppauf und Treppab, niemand schien lange am selben Ort zu verharren. Minna räumte die letzten Teller des hastig eingenommenen Frühstücks vom Tisch und trug sie hinunter in die Küche. Durch das Küchenfenster hörte sie aus dem Hof ein Wiehern, Petersen war bereits dabei, die Pferde anzuschirren. Die Baronin war im Begriff abzureisen, Petersen und ihr Bruder Tommy würden sie zum Bahnhof in Kopenhagen bringen.

Minna musste sich doch unbedingt noch von ihr verabschieden! Nach ihrem Gespräch gestern Vormittag hatte sie lange nachgedacht. Kein anderer Mensch stand ihr so nahe wie Carl. Nur er dachte ähnlich wie sie, nahm die Welt wahr wie sie. Er hatte immer mehr in ihr gesehen, als sie war. Er würde ihr ein Ansporn sein, kein Hindernis. Im Grunde war es nicht schwer, das zu erkennen.

In einer Ehe jedoch hatte jeder seine Rolle. Es würden Kinder kommen, der Haushalt würde wachsen und mit ihm Minnas Pflichten. Ein Teil von ihr sehnte sich nach einem solchen Leben mit Carl. Ein Teil von ihr war hingerissen von der Tatsache, dass er sie wollte, dass er all das mit ihr wollte. Doch nur, wenn sie Abstand zu Carl hielt, würde sie das vor Ansprüchen schützen, die sie nicht erfüllen wollte – jedenfalls noch nicht.

Am Vorabend hatte der gesamte Haushalt nach der Rückkehr aus der Kirche in Hørsholm zusammen den Heiligen Abend begangen. Es hatte keine Möglichkeit gegeben, allein mit der Baronin zu sprechen. Kichernd und schwatzend hatten alle Hausgäste und Angestellten vor der geschlossenen Wohnzimmertür gewartet. Sie hatten sich die Mäntel ausgezogen, Rosa und Minna trugen noch nicht wieder ihre Schürzen und Häubchen. Die Kinder hüpften vor Aufregung auf und ab. Endlich hatte Madame Dinesen mit der Glocke geläutet, und sie hatten alle eintreten dürfen in den dunklen, nur von den Baumkerzen erhellten Salon. Madame Westenholz hatte feierlich die Weihnachtsgeschichte nach Lukas aus der Bibel vorgetragen, zusammen hatten sie *Stille Nacht, Heilige Nacht* angestimmt, und alle, auch die Bediensteten, hatten einen bunten Teller überreicht bekommen. Apfelsinen, Nüsse, braune Kuchen, Vanillekränze und ein Marzipanschweinchen hatten sich darauf getürmt, so viele Herrlichkeiten auf einmal hatte Minna noch nie geschenkt bekommen. Das Beste aber war ein in silbernes Papier gewickeltes Geschenk gewesen, das nur auf ihrem Teller gelegen hatte: Eine kleine Ausgabe mit ausgewählten Gedichten von Johannes Ewald. Eine Widmung stand darin: *Zur Erinnerung an einen Winter in Rungstedlund, K. B.*

Minna besaß nicht viele Bücher, und diejenigen, die sie besaß, kannte sie in- und auswendig. Nun hatte sie neue Gedichte, die sie Elsa und Mutter am Abend vorlesen konnte. Sie freute sich ungemein über das Geschenk, noch mehr aber darüber, dass die Baronin sie bedacht hatte. Minna blickte scheu zu ihr hinüber und nickte lächelnd. Die Baronin nickte zurück und schien etwas sagen zu wollen, da wurde sie von ihrer kleinsten Nichte in Beschlag genommen, die sie für ihre Ausschneidepuppen zu begeistern suchte.

Später hatte Minna den Abend zusammen mit Rosa, Petersen und dessen Frau in der Küche bei einem Festbraten ausklingen lassen. Malla kümmerte sich oben in den Wohnräumen um die Kinder. Die Mandel im Milchreis hatte Petersen erwischt, der sich ein langes Leben in Rungstedlund wünschte. Minna war erfüllt von Freude und Dankbarkeit schlafen gegangen. Die Tage rund um Weihnachten in diesem Haus waren ein Geschenk, das sie für immer in ihrem Herzen verwahren würde. Sie würde heimkehren zu Carl, zu ihrer Mutter und ihrer Schwester, und sie würde den Mut und die Leichtigkeit mitnehmen, die ihr die Baronin geschenkt hatte – zusammen mit Johannes Ewalds Versen.

Petersen hatte nun angeschirrt, die Kutsche stand im Hof bereit. Erste Familienmitglieder traten in ihren Wintermänteln hinaus in den kalten Morgen. Jeden Augenblick würde die Baronin die Kutsche besteigen. Minna konnte sie nicht gehen lassen, ohne wenigstens noch einmal mit ihr gesprochen zu haben.

Entschlossen band sie sich die Schürze ab und lief eilig durch das Haus in Richtung der Schlafräume im Dachgeschoss. Und sie hatte Glück: Die Baronin kam ihr auf der Treppe nach unten entgegen.

«Ich habe gewartet», sagte sie zu Minna.

Minna lief auf sie zu. «Entschuldigen Sie. Frau Baronin, ich konnte es Ihnen gestern nicht mehr sagen.» Sie kam vor ihr zum Stehen und atmete tief durch. «Ich bleibe in Kopenhagen.»

«Ich weiß.» Die Baronin hob die Hand und strich ihr in einer mütterlichen Geste eine Locke hinters Ohr. «Du gehörst hierher, du wirst dir deinen Platz auf der Welt hier erkämpfen, und die Welt wird es dir danken. Kinder wie du sind das Salz der Erde.»

Minna blickte auf ihre Füße. Die Hochachtung, mit der die Baronin sprach, berührten sie tief. Gleichzeitig bekümmerte es sie, dass sie sich selbst nicht als das Salz der Erde zu begreifen schien. Dabei waren Menschen wie die Baronin selten und kostbar. Mit einem Satz, einer Wendung vermochte sie alles in einem anderen Licht erscheinen zu lassen, und Minnas Welt hatte sie mit Licht förmlich geflutet. Sie hatte ihr Möglichkeiten aufgezeigt, ihr Mut zugesprochen und ihr die Zuversicht vermittelt, dass es sich lohnte, ein Risiko einzugehen. Manchmal musste man etwas aufs Spiel setzen, um vom Schicksal sein Recht einzufordern. *Stolz ist der Glaube an die Idee, wie wir gemeint sind.*

«Ich danke Ihnen», sagte sie leise und blickte auf. Sie versuchte in ihren Blick all das zu legen, wofür sie keine Worte hatte. «Für alles.»

Die Baronin nickte ihr zum Abschied zu. «Dann lass uns die Ärmel aufkrempeln. Du sicherst dir die Zukunft, ich sichere mir die Vergangenheit.»

Und mit diesen Worten trat sie in den Hof, auf dem die Familie schon um die Kutsche stand und ihr bang entgegenblickte.

Die Baronin war längst fort, man hatte gemeinsam erneut den Gottesdienst in Hørsholm besucht und gespeist. Petersen und Thomas Dinesen waren schweigsam vom Bahnhof zurückgekehrt, die Dämmerung hatte sich über Rungstedlund gesenkt. In der spärlich erleuchteten Küche stand nun die Köchin vom Stuhl auf und klopfte mit den Knöcheln auf die Tischplatte. «So, nun weißt du Bescheid, Minna. Ab morgen ist der Besuch fort, und Madame Dinesen isst auf, was von den Festtagen übrig ist. Ich bin übermorgen am Abend wieder da.»

Minna nickte. Für die Herrin Reste aufzuwärmen erschien ihr eine machbare Aufgabe zu sein.

«Wo wohnt Ihr Bruder denn, Rosa?»

«In Helsingør.» Rosa band sich die Schürze ab. «Der gute Petersen bringt mich zum Zug.»

Minna verspürte einen Stich. Beinahe hätte sie Rosa gebeten, sie mitzunehmen. In ihrer Vorstellung saß in Helsingør in einem sicherlich respektablen Lehrerhaus in verschneitem Garten Carl bei seinen Eltern am Tisch und grämte sich ihretwegen. Sie ertrug den Gedanken kaum. Minna konnte nicht mehr begreifen, was gestern am Strand geschehen war. Wie hatte sie ihn nur zurückweisen können? Sie wünschte sich nichts sehnlicher, als seine Hände zu nehmen und ihm endlich zu sagen, dass sie ihn liebte.

«Ich wünsche Ihnen frohe Feiertage, Rosa.»

Als die Köchin das Haus verlassen hatte, nahm Minna all ihren Mut zusammen und betrat das Wohnzimmer, in dem die Familie beisammensaß. Die Kerzen am Baum brannten, die Herrin und ihre Schwiegertochter widmeten sich ihren Handarbeiten, und auf dem Boden saßen die drei Mädchen bei einem Spiel. Die Stimmung jedoch war gedrückt.

«Tanne ist stark, Mama», sagte Thomas Dinesen gerade. «Sie wird es verkraften. Sie wird sich etwas einfallen lassen.»

Minna erschrak. Was musste die Baronin verkraften? Sie hoffte, dass in Afrika keine Schwierigkeiten auf sie warteten. «Verzeihung, Madame.» Minna wandte sich an ihre Herrin. «Ich wollte fragen, ob ich wohl einmal kurz telefonieren dürfte?»

Madame Dinesen nickte ihr geistesabwesend zu. «Nur zu. Es ist ja schließlich Weihnachten.»

«Richten Sie Ihrer Familie unsere besten Weihnachtswünsche aus!», rief Jonna ihr hinterher, als Minna das Zimmer durch die andere Tür wieder verließ.

Sie lief in ihre Kammer und holte aus der Tasche ihrer dicken Strickjacke den zusammengefalteten Zettel. Damit stieg sie die Treppe wieder hinunter, blieb in dem kalten Flur vor dem Telefontischchen stehen, nahm den mächtigen schwarzen Hörer und wählte, ohne zu zögern.

«Olsen?», ertönte nach mehrmaligem Läuten eine tiefe Stimme aus dem Hörer.

Es klang genau wie Carl, aber für den Fall, dass er es nicht war, sagte Minna: «Hier spricht Minna Kasparsson.» Abwartendes Schweigen, also fügte sie schnell hinzu: «Dürfte ich bitte Carl sprechen?»

«Einen Augenblick.» Ein Rascheln ertönte.

Minnas Herz klopfte bis zum Hals. Ob sie Carls Vater wohl einmal kennenlernen würde? Sie hoffte von ganzem Herzen, Carl mit ihrer Zurückweisung nicht so verletzt zu haben, dass er nicht mehr mit ihr sprechen wollte. Sie hoffte, dass er begreifen würde, was sie ihm sagen wollte: dass sie nicht durch ihn leben wollte, aber mit ihm.

«Ja, hallo?»

Minna hielt die Luft an. Er war tatsächlich ans Telefon gekommen.

«Minna?»

«Carl!», rief sie. «Carl, es tut mir so leid! Ich bleibe hier, Carl! Ich bleibe in Kopenhagen!»

Ein Schweigen entstand. Schließlich sagte er mit ruhiger Stimme: «Das ist eine gute Entscheidung.» Es klang gleichzeitig erleichtert und distanziert.

«Und, Carl», Minna holte zitternd Luft. «Ich möchte dir sagen, dass ich dich liebe. Schon lange. Seitdem ich dich kenne, habe ich mich mit jedem Tag mehr in dich verliebt. Ich bewundere dich, und ich bin dir dankbar.»

«Minna ...»

«Bitte lass mich ausreden. Ich liebe dich, aber ich will dich nicht heiraten. Ich möchte noch keine Familie. Zuerst will ich studieren. Das ist mein größter Wunsch. Ich muss noch so viel wachsen, geistig und menschlich und überhaupt. Und dafür brauche ich Raum, ich brauche Freiheit.»

Wieder schwieg er. Sie dachte bereits, er hätte aufgelegt, da sagte er mit einer tiefen, warmen Stimme, die ihr eine Gänsehaut über den Körper jagte: «Heiraten ist mir nicht wichtig, Minna. Ich muss überhaupt nicht heiraten. Wir haben beide noch so viel anderes vor. Aber ich weiß, dass du die richtige Frau für mich bist, dafür musst du nicht meinen Namen tragen. Wann immer du bereit bist – ich warte auf dich.»

epilog

Ngong, Kenia, September 1930

Das Flugzeug stand seit dem Vormittag auf der Wiese vor ihrem Haus: Denys stattete M'Bogani einen Überraschungsbesuch ab. Anerkennend hatte er das neue Regal in Augenschein genommen, das Karen für seine Bücher hatte bauen lassen. Nun sprang er auf den Sitz vor ihr und startete den Motor. Dann wandte er sich noch einmal um, hob den Daumen und nickte ihr zu. Karen nickte zurück, voller Vorfreude, voller Aufregung.

Holpernd rollte das Flugzeug an, dröhnte ohrenbetäubend, als es über die Wiese hinweg beschleunigte und dann mit einem Ruck in den Himmel aufstieg. Die Farm unter ihnen wurde kleiner und kleiner, und sie flogen immer höher über die grüne Ebene auf die Ngong-Berge zu. Kühler Fahrtwind zerrte an Karens Lederkappe. Unter ihnen war eine Herde Gnus zu sehen, die langsam über die Steppe trabte. Etwas schien sich von Karens Brust zu heben und in der dünnen Luft um sie herum aufzulösen.

Gestern hatte sie ein Brief aus Kopenhagen erreicht, mit dem sie nicht gerechnet hatte. Sie hatte auf der Veranda gesessen und Tee getrunken, als Farah um die Hausecke gebogen war und ihr mit einer eleganten Verbeugung den grauen Umschlag präsentiert hatte. «Die Post, Msabu.» Auf dem schlechten Papier des Umschlags klebten vier blau-weiße Briefmarken, auf denen ein weißer Engel ein verschneites Tannenbäumchen in der Hand hielt, wobei sein langer weißer Schal hinter ihm in die dunkle Nacht flatterte. Es war die dänische Weihnachtsmarke von 1929.

Verehrte Frau Baronin, hatte der Brief begonnen.
Ich hoffe, es geht Ihnen gesundheitlich besser und Afrika tut Ihnen wohl. All die Monate seit Weihnachten habe ich viel an Sie gedacht. Ich bin Ihnen unendlich dankbar, denn ich glaube, Sie haben in meinem Kopf eine Tür aufgestoßen und Klarheit und Zuversicht hineingelassen. Sie haben mir beigebracht, dass Furcht nichts ist, dem man sich ergeben muss.
Im März habe ich Rungstedlund verlassen und bin zurück nach Kopenhagen gegangen. Ich werde Ihrer Familie niemals vergessen, dass sie mir in meiner Notlage geholfen hat.

Lächelnd hatte Karen den Brief sinken lassen und einen Schluck Tee genommen. Die kleine Minna war wieder auf den Beinen. Sie mochte noch nicht weiterlesen, denn sie wünschte sich plötzlich kindisch ein Ende mit Hochzeitsglocken und einem Leben in Wohlstand und Glück.

Meine Schwester Elsa geht nun auf ein Gymnasium. Ich bin sehr stolz auf sie, und inzwischen ist Mutter es auch. Was mich angeht und die Frage, ob man einen Mann braucht, um einen Platz im Leben zu haben: Ich habe Carl Olsen nicht geheiratet. Ich möchte nicht – wie Sie sagten – aus zweiter Hand leben. Doch er ist und bleibt die Liebe meines Lebens und wir verbringen viel Zeit miteinander.

Möglicherweise werde ich eines Tages an seiner Seite diejenige sein, die ich werden möchte.
Bis dahin hole ich derzeit den höheren Schulabschluss auf der Abendschule nach. Im Anschluss hat mir Ihre Tante, Madame Westenholz, ein Stipendium der Unitarischen Gemeinde in Aussicht gestellt, mit dem ich das Lehrerinnenseminar besuchen kann. Tagsüber sitze ich noch immer an meiner Schreibmaschine, aber ich fühle mich stark und frei und werde mich von meinen Zielen nicht abbringen lassen. Niemand weiß besser als ich, wozu ich in der Lage bin, und ich freue mich auf alles, was kommt.
Ich hoffe, es geht Ihnen ebenso. Es ist so vieles möglich, ich glaube, beinahe alles.
Ihre ergebene
Minna (Wilhelmina Kasparsson)

Karen legte den Kopf zurück, hoch oben in ihrem Sitz in der Luft, und lachte. Dabei bemerkte sie die dunkle Wolke über dem Bergkamm, auf den sie zurasten. Sie ballte sich schwarzgrau vor ihnen, doch Denys hielt unbeirrt darauf zu. Unwillkürlich krampften sich Karens Hände um die Lehne des Vordersitzes. Von einer Sekunde zur nächsten wurde es dunkel, und Tropfen, so fein wie Stecknadelköpfe, peitschten ihnen ins Gesicht. Karen kreischte auf, halb vor Schmerz, halb vor Begeisterung.

Übermütig legte Denys das Flugzeug zur Seite und drehte kurz vor dem Bergkamm ab. Sie tauchten aus der Wolke hervor, und es wurde wieder hell. Große, weite Schatten zogen über das Tal unter ihnen. In einer Sonnenpfütze standen drei Giraffen, unter dem langgezogenen Schatten der Wolke vor ihnen galoppierte eine Herde

Zebras. Das ist das Leben, dachte Karen. Hell und dunkel, gut und schlecht, es gehört zusammen, es ist alles eins. Ein Gefühl übermannte sie, das so vollkommen war, so übermächtig, dass ihr die Tränen in die Augen traten. Das Oben und das Unten verschmolzen, und sie sah, über dem Land dahinrasend, das Leben von Angesicht zu Angesicht. Von hier oben wurde deutlich: Es wurde geleitet von unendlicher, unerforschlicher Phantasie. Wenn man ihm auf Augenhöhe begegnete, wenn man die nötige Stärke aufbrachte und es annahm, erkannte man es als Dichtung von erlesener Schönheit. Es würde weder Minna noch sie selbst jemals langweilen. Das Leben würde stets neue Abenteuer für sie bereithalten. Und das war alles, worauf es ankam.

nachwort

Rungstedlund ist ein paradiesischer Ort, ein Herrenhaus voll heller und luftiger Zimmer, gelegen in einem Vogelschutzpark am schimmernden Øresund eine halbe Stunde nördlich von Kopenhagen. Das Haus, in dem heutzutage das Karen-Blixen-Museum untergebracht ist und das im achtzehnten Jahrhundert ein Dorfkrug war, hat vieles erlebt – unter anderem die fruchtbarsten Schaffensperioden zweier Dichter, Johannes Ewald und Karen Blixen.

Viele kennen die Dänin aus dem Hollywood-Film *Jenseits von Afrika*, der sich ihrem Leben in Kenia und der Verklärung ihrer Liebe zu dem englischen Großwildjäger Denys Finch-Hatton widmet. Weniger bekannt ist dagegen ihr dänisches Leben, das auch während ihrer siebzehn Jahre in Kenia eine große Rolle für sie spielte. So hielt sich Karen Blixen dreimal über ein Jahr lang bei ihrer Mutter in Rungstedlund auf und ließ sich nach der Diagnose ihrer Syphilis-Erkrankung wiederholt in Dänemark behandeln.

Auch Karen Blixens in dieser Novelle beschriebener Besuch in Dänemark im Jahr 1929 beruht auf einer historischen Tatsache. Im März kam sie wegen einer schweren Erkrankung der Mutter nach Rungstedlund, um dann am ersten Weihnachtstag wieder abzureisen.

Ebenso ist überliefert, dass Karen Blixen im Oktober 1929 die Familie ihres Geliebten Denys Finch-Hatton in Buckfield House in Hampshire besuchte. Denys' hochadeliger Bruder Guy, der 14. Earl von Winchilsea und 9. Earl von Nottingham, scheint nicht viel von Karen Blixen gehalten und die Beziehung zumindest nicht unterstützt zu haben.

Karen Blixens Leben in Afrika sollte 1931 zu Ende gehen, aber bereits Ende 1929 war ihr klar, dass es im Grunde kaum noch Möglichkeiten gab, die Farm am Fuße der Ngong-Berge zu erhalten. Sie steuerte im Winter dieses Jahres bereits auf den Tiefpunkt ihres Lebens anderthalb Jahre später zu – dem Verlust der Farm, dem Verlust des Geliebten durch einen Flugzeugabsturz, dem Verlust ihrer afrikanischen Freunde und Angestellten. Dieser Tiefpunkt ist zu einem faszinierenden Wendepunkt geworden, aus dem sie sich wie ein Phönix aus der Asche erhob und sich als die begnadete Autorin neu erfand, der in den fünfziger Jahren zweimal beinahe der Literaturnobelpreis zugesprochen wurde.

Alle Begebenheiten in dieser Novelle, insbesondere natürlich Minna und ihre Geschichte, sind frei erfunden, doch basieren die dargestellten Charaktere, Konflikte und Haltungen auf Recherchen. Meine wichtigsten Quellen bildeten Karen Blixens Briefe und Werke sowie die umfassende Biographie von Judith Thurman, *Tania Blixen. Ihr Leben und Werk*. Teilweise sind kleinste Details dieser Geschichte historisch verbürgt (so sagte das Kindermädchen Malla beispielsweise tatsächlich oft: «Du lachst wie ein geplatzter Holzschuh!»), andere im Rahmen der gebotenen Wahrscheinlichkeit ausgedacht. Die

Begegnung von Minna und Karen hätte sich wohl genauso oder so ähnlich abspielen können.

Ich danke Friederike Ney, Marcus Gärtner, Berit von Laffert, Inken Ross, Bianca Blum, Wiebke Tiessen und Lorenz Jellinghaus für ihre Unterstützung und Kritik während der Arbeit an dieser Geschichte.

Sanne Jellings

Weitere Titel

Ein dänischer Winter

Weihnachten im Alten Land